KB070582

시인의 붓

시인의 붓

김주대의 문인화첩

한겨레출판

산정의 어떤 나무는 바람 부는 쪽으로 모든 가지가 뻗어 있다. 근육과 뼈를 비틀어 제 몸에 바람을 새겨놓은 것이다.

2018년 봄
김주대

차례

1부

물의 시

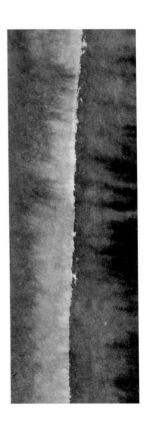

다시 봄

죽어서 오는 사람은 꽃으로 온다더니 꽃이 피기 시작하였다. 꽃 냄새, 꽃 냄새, 그대 여기서 멀지 않구나.

죽어서 오는 사람은 꽃으로 온다더니 꽃이 피기 시작하였다 꽃냄새나
꽃냄새, 그대 데에서 멀지 않구나. 임환 년 삼월 다시 봄을 보고 그림, 김주대

이유

바람이 불 때 꽃은 너무도 불안하여 그만
예뻐져버렸다.

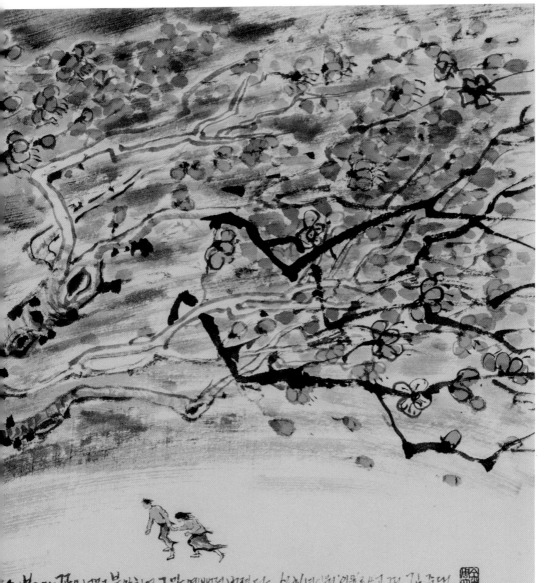

숨어볼 때 꿈은 너무도 불안하여 그만 깨버서 버렸다. 십칠년 이월 어릴슬쓴 그림 김주대. 金

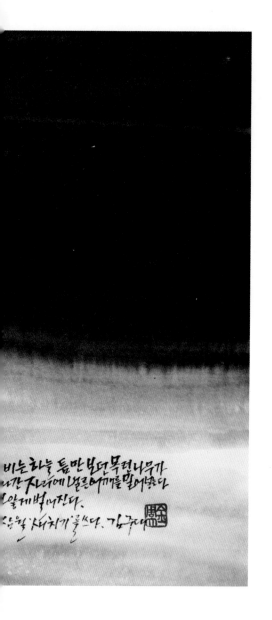

새치기

봄볕 봄비는 하늘 틈만 보던 목련나무가 바람
지나간 자리에 얼른 어깨를 밀어 넣는다. 허공
이 하얗게 벌어진다.

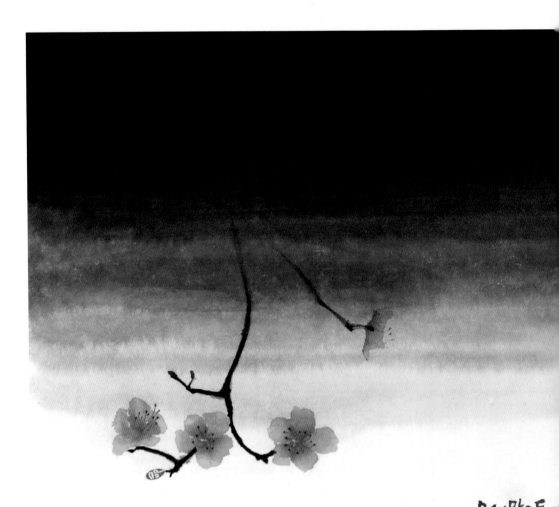

오래맑은등비
물관부를따라
다시터지게쟌
익고장엄하다
반점이돋는다
십칠년사

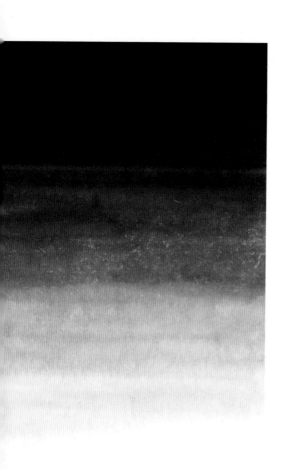

꽃이 온다

오래 앓은 등뼈 속에서 물소리가 난다. 낡은 증기선 같은 폐가 물관부를 따라 몸을 한 호흡씩 끌고 간다. 밤새 터진 기침이 다시 터지기 직전의 자릿자릿함, 가래 끓는 몸을 숨이 다녀가는 일만으로도 장엄하다. 움푹 파인 눈으로 열이 번지고 마른 피부에 반점이 돋는다. 꽃이 온다.

수목장

시만 싸서 남쪽으로 간 누이는 십 년 만에 미황사 동백나무가 되었습니다. 부업거리 올려놓던 호마이카 상을 펴놓고 밤마다 또박또박 눈물을 써서 주인집 전화기를 빌려 읊던 누이. 더 쓸 눈물이 없던 날 몸이 백지처럼 말라 동백나무가 되었습니다.

바람 부는 날에 누이는 가끔 죽음을 참지 못하고 흔들립니다. 노랗게 부어오른 동공을 감싼 짓붉은 결막, 눈물 대신 눈알을 통째로 떨구며 웁니다. 미황사 오르는 길에 동백나무 한 그루 충혈되어 서 있습니다.

무너미 물버들

사태가 한쪽으로만 흘러갔다. 흐르는 힘의
아래를 움켜잡고 씨앗이 싹을 틔우듯 아주
느리게 조금씩 힘을 찢었다. 속도를 거역하
고 불쑥, 푸르게 올라섰다. 얼마나 부드러웠
으면.

창원 북면에서 자라난, 베어진 어깨에서 빠져나온 손이 허공을 더듬어 희망같은 물방울에 매단 봄 뿌리를 머리에 가득히듯 토해놓은. 이천팔년 삼월 "가을수채명을 쓰고그리다. 기소그리다.

새싹

사체에 스는 애벌레처럼 검은 나무 잘린 목과 팔에서 움터 바글바글 기어 나
오는 새싹.

시체에 구더기 슬 듯
모가지 잘린 나무에서
바글바글
기어 나오는 새싹들을 보며
살 앗던 제 목을 쓰다듬다

조대

감각

나의 모든 나와, 나의 어둠과 빛과, 꿈속에
서 울던 기억과, 웃으며 몸속으로 들어간 햇
살과, 내가 만진 벌레들의 꼼지락거림과, 오
래전 돌아가신 외할머니의 물 묻은 손의 시
린 감각과, 아스팔트를 밟던 발에 새겨진 딱
딱한 기억과 함께 나는 세상에 왔다.

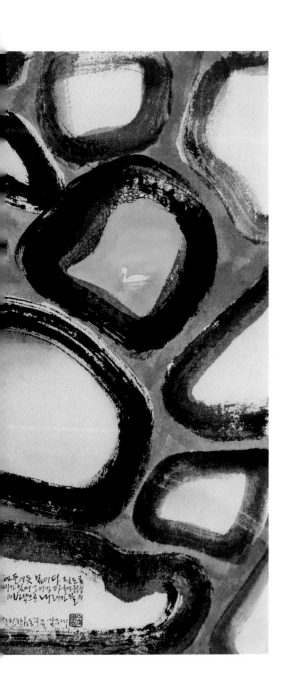

완전한 소통

솜이 물을 빨아들이듯 몸이 다 젖도록 시를
받아들이는 이가 있어 그이가 마를까 걱정
되는 날에는 몸의 바닥으로 내려가 물의 시
를 쓴다.

저희끼리

세상 둘도 없이 사랑하는 사람들은 세상에 둘도 없이 외로운 자들, 둘만의
사랑으로 까마득히 소외된 자들이다. 세상 같은 것 날마다 버리고 싶은 자들
이니 사랑의 지극은 고독의 지극이다. 저희끼리 울며 웃으며 지상을 떠나는
두 마리 새.

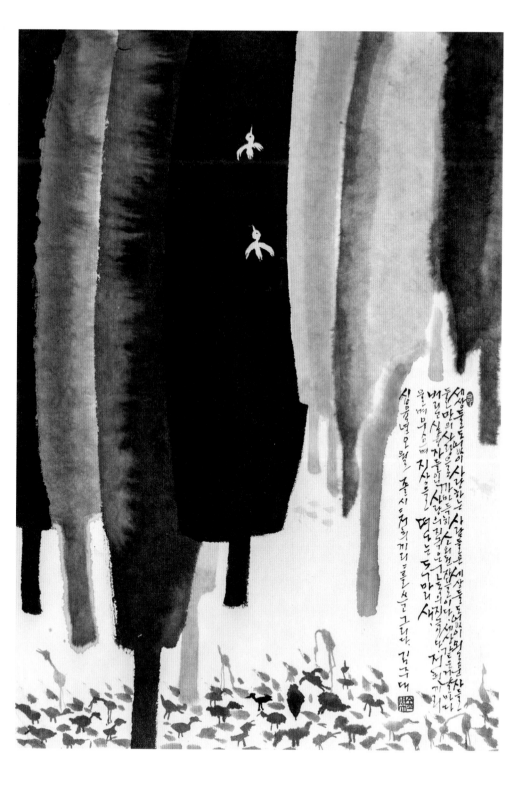

세상 들어보았니 사랑하는 사람들은 세상 들어보았니 외로운 사람들을 한 마리의 사랑을 가까스로 외워 참고 세상들이 사랑하고 싶어라 버린 실 잡는 것은 세상이 헝겊 하고 울 때 무슨 죄 짓는 것 같아 때는 도망 새 저 히 개

사랑했던 오월 / 좋시 오천여 까마귀 무리 그림 김규대

지난여름의 기억

함마로 구들장바위 때리듯 먹장구름 치는 천둥소리 자갈만 한 비 떨어졌다. 비는 무게로 하늘을 대지에 밀어붙였다. 핑계 좋은 우리는 유치원생처럼 손잡고 뛰었다. 무너진 생활을 잊고 비의 바깥까지 아스라이 젖다가 경제(經濟)도 없이 타오르는 무지개를 보았다. 추워서 따스했던 살과 도덕 가운데 모닥불을 피우고, 잠들지 않고 잠보다 깊었던 우리. 생활로 돌아오며 이유 없이 화내던 남쪽 들녘. 원두막 하룻밤. 먼 뒷날의 오늘까지 사무치자고 철없이 좋았던, 울었던, 하룻밤.

표절하지 말았어야

습관은 기억을 표절하는 데만 몰두하였다.
유령처럼 과거를 살면서 시를 피웠다. 주로
낡은 가족사진에 입술을 대듯 지나간 시간
을 베꼈다. 입술이 심장을 반복할 때 지르던
고함과 주먹질로 나는 주정뱅이 아버지의
철저한 반복, 표절이었다.

소나무

시커멓게 고개 들어, 본다. 목숨의 배후에 높은 길이 있다. 한 해 한 번씩만 자라는 느린 몸과 움직이지 않는 발로라도 가고 싶다. 태양의 둘레를 돌며 허공을 더듬어 길을 낸다. 걸어간 만큼만 길이 몸이 된다. 길도 길도 아픈 나는 큰 나무.

폭포1

던져버려야 솟는 날개. 저 높은 문장을 얻기
위해 밤새 어둠을 호흡했던 것. 귀를 막으면
하얗게 망막을 내리긋는 흰 한 줄.

멀어저만 허공이바람에
날아가는 기다긴말의시
늘고있는 아뜩한 눈물이

폭포2

밀려난 허공이 발을 헛디뎌 추락하고 있다,
실수와 절망만이 세상으로 돌아가는 기나
긴 길의 시작인 것처럼. 세상의 모든 발원지
에는 혼자서 쏟고 있는 아뜩한 눈물이 있다.

배경

삼백 년 동안 말없이 영류정 뒷모습을 바라보고 서 있는 산이 있습니다. 사람들은 영류정만 카메라에 담아 가지만 나중에야 사진을 보다가 산이 병풍처럼 서서 따라온 걸 알고는 영류정이 아름다운 이유를 생각하게 됩니다.

한참 삶을 믿면 다다른누명신이 지허허든여

땅끝

슬픈 눈으로 한 점 섬을 밀면 입 다문 수평
선이 지퍼처럼 열릴 것 같아.

어부의 말

대법관 양반, 당신이 못하는 그물질 우린 잘해. 물고기 잡아 처자식 먹여 살리고 나라에 세금도 내지. 당신은 우리가 낸 그 돈으로 월급 받잖아. 그러니 사람 일 판결이나 잘해주시게. 나나 당신이나 잘하는 거 하나씩은 있어야 서로 교환하며 사람답게 살지 않겠는가. 안 그런가?

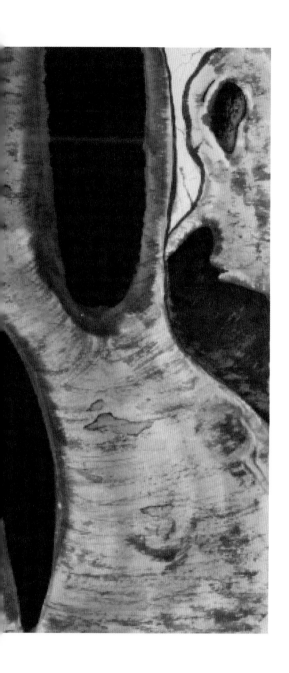

산성 포장마차

동동주 오천, 막걸리 삼천, 김치전 삼천, 해
물미나리파전 육천 원 하는 할머니 포장마
차엘 갔다. 혼자 가서 동동주에 해물미나리
파전을 떠억 시켜 먹었다. 최고 비싼 해물미
나리파전을 시킬 때는 의기양양했다. 할머
니께 낯이 섰다. 만사천 원 썼다. 이만하면
근방에서는 일등 손님이다.

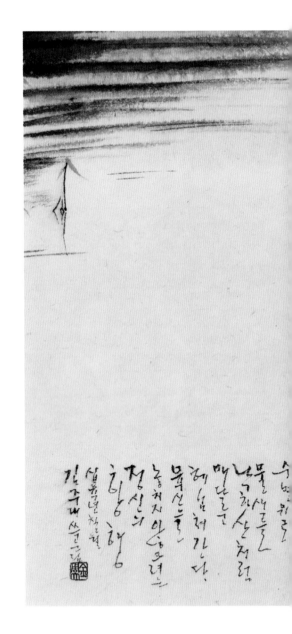

사냥 중

수면 아래 물새 그림자, 수면 위로 물새를
낙하산처럼 매달고 헤엄쳐 간다. 육신을 놓
치지 않으려는 정신의 항행.

들의 비상구를 만들어놓았다 출렁이는
힘차게 그 작별하였다 마음의
새들의 발소리를 기억하며 겨우내
우리는 언제 서로를 정산하고
에 돌아갈수있을까.
'임칠일' '우포' 들으며 그립. 김두태

우포

언 살 수면을 찢어 늪은 새들의 비상구(飛
上口)를 만들어놓았다. 출렁이는 상처를 밟
고 새들이 힘차게 작별한 뒤, 늪은 마음 바
닥까지 울리던 새들의 발소리 기억하며 겨
우내 상처를 열어두었다. 고향을 힘차게 떠
난 우리는 언제 어머니 상처에 돌아갈 수
있을까?

순천만 물길

상처로 상처를 짚으며 간다. 멀리 가기 위해
곡선을 그리는 지혜. 때로 막히면 뚫고 넘
쳐 솟구친다. 반란의 자리마다 풍요로워지
는 내부, 갈대가 자라고 새가 날아든다. 바
람 많은 날에는 하얗게 함성을 지르며 한쪽
으로 몰려가는 힘이 보인다. 물길에 선 갈대
가 새들을 삐라처럼 공중에 뿌리고 있다.

섬을 그리는 지혜, 때로 말하면 밝고 나요해 구치다 반란의 사리마다 흩으로 치는 나너부 붉은늘에는 하얗게 침묵성을 치르며 한 폭으로 몰려가는 힘이 보인다 물길에서 물대가 사너들 田라처럼

삼며엉 삶일철 김주대 선그리다.

또렷하게 발음하기 위해 바다가 수평선 위로 목젖을 내밀었다.
바람 불고 큰 혀 출렁이며 밀려온다. 한 말씀 있을 듯하여 눈과 귀를 연다.

"섬"을 쓰고 그리다. 김주대.

섬

또렷하게 발음하기 위해 바다가 수평선 위
로 목젖을 내밀었다. 바람 불고, 큰 혀 출렁
이며 해안으로 온다. 한말씀 있을 듯하여 눈
과 귀를 연다.

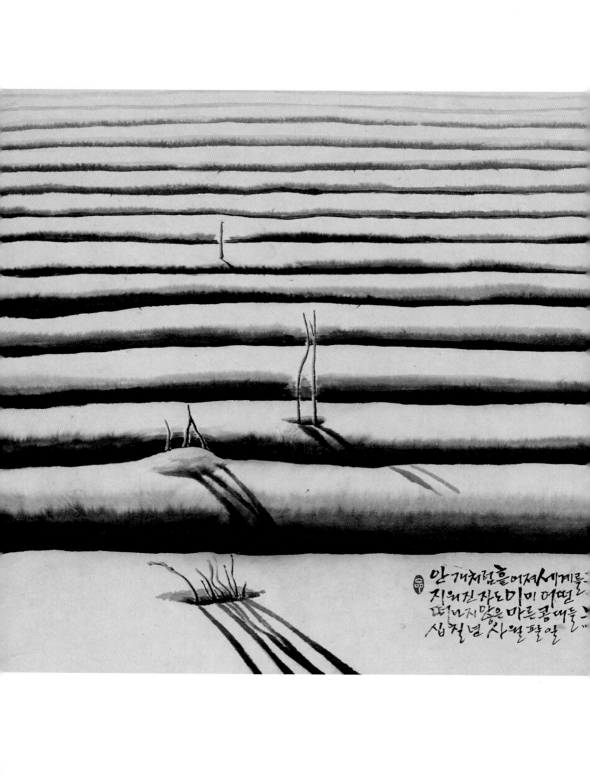

안개처럼흩어져세계를
지워진자도미미어떤
떠나지않은마른콩대들
삼천년 사연팔앞

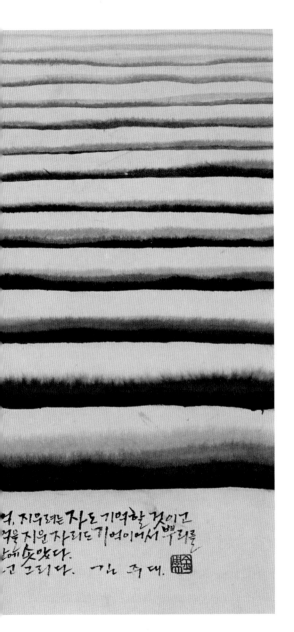

겨울밭

안개처럼 흩어져 세계를 구축하는 기억. 지
우려는 자도 기억할 것이고, 지워진 자도 이
미 어떤 기억이다. 기억을 지운 자리도 기억
이어서 뿌리를 떠나지 않은 마른 콩대들 눈
덮인 묵정밭에 솟았다.

안행(雁行)

새들은 죽어 허공이 된다. 땅으로 내려온 적
없는 허공은 새들의 내세(來世)다. 그러나
죽지 않고 허공에 이르는 길을 새들은 알아
서 겨울을 깊이 난다.

새들은 숨어 허공이 된다. 땅으로 내려온 길 없는 허공은 새들의
내세이다. 그러나 죽지 않고 허공에 이르는 길은 새들은
알아서 거물물결이 난다. "안해"를 뜨다. 2018. 1. 김규대

천지간하나로천지만물의자연

십육재나삽월년 봄을 쓰다 김주대
기차가 달린다. 겨울 잠바를 벗으려고 대지가 들썩거린다.

기차

천지가 하나로 흰 날. 눈 덮인 지평선을 지
퍼처럼 열며 기차가 달린다. 겨울 잠바를 벗
으려고 대지가 들썩거린다.

죽음에 대한 기억

돌아누울 때마다 기도가 잠깐씩 열리고 바람이 지나갔다. 얇은 숨소리가 폐에 고이면 알아들을 수 없는 말들에 물이 찼다.
밤새 열이 번지던 얼굴, 붉은 반점을 띤 기침 소리가 늑막 속으로 흩어졌다. 부러진 관절을 절며 우여곡절 지나온 풍경들. 내려놓고 몸이 달아올랐다. 몸이 날아올랐다.

2부

깨지고 굽은 것들

어머니를 나누어드립니다

고향에 혼자 사는 어머니가 떡을 해서 머리에 이고 아들 그림 전시장에 찾아
왔습니다. 어머니는 앉아 있지 않고, 구경 온 사람들에게 종일 떡을 나누어주
었습니다. 새벽차를 타고 왔던 어머니가 막차로 떠난 뒤에는 아들이 오랫동
안 어머니를 나누어주었습니다.

고향에 혼자 사시는 어머니가 떡을 해서 머리에 이고 아들 그림 전시장에 찾아왔습니다. 어머니는 받아 잡수시지 않고, 구경온 사람들에게 조금씩 떡을 나누어주셨습니다. 스며널 차를 타고 왔던 어머니가 막 차려 떠난뒤에는 아들이 모랫동안 어머니를 나누어주셨습니다. 삼천년사월 삼천 밀 `어머니를 나눕니다` 쓰고 그림. 김구째.

능소화

골목에 귀를 걸어놓았다. 귓바퀴에 당신 발소리 엎힐 때, 그 무게로만 떨어지
려고.

골목에 귀를 걸어놓았다. 귓바퀴에 당신 발소리 멎힐 때
그 무게로만 떨어지려고. 십육년 삼월 "능소화" 룡은그림 김규태

화엄경

쪼그려 앉아 귀를 세우고, 아주 멀리서 왔으므로 무척 작아진 소리를 듣는
다. 새싹은 하나의 이념. 가장 깊이 이르러서 가장 얕은 곳으로 올 줄 아는 이
의 약속이다. 우주 이래, 지구 이후 흘러온 기억의 개화. 우주에서 음표 하나
가 빠져나와 이토록 작고 푸르다. 불가사의는 하찮게 실현되고 이념은 클수
록 소박하다. 햇볕 속에 단 하나의 세계를 건설하고 음악으로 돌아간다.

쪼그려앉아 귀를 세우고 아주 멀리서 왔으므로 무척 잦아진 소리를 듣는다. 새싹은
하나의 이념, 가장 깊이 이르러서 가장 맑은곳으로 목출 마노이의
약속이다. 우주 이래, 지구 이륙 흘러본 기억의 개화. 우주에서 음 포
하나가 빠져나와 이토록 작고 푸르다. 불가사의는 하찮게 실현되고
이념우쿨슬록 소박하다. 햇별톡에 단 하나의 세계를
건설하고 믿음으로 돌아갈 것이다.

십칠 년 사월열일 "화엄경"을 쓰고그림 김주대.

첫길

길의 끝을 살피지 않고 출발한 용자(勇者)들의 힘이 형상 밖으로 튀어나온 것인가. 깨지고 굽은 것들에는 우리가 못 가는 길을 간 높고 위태로운 모습이 들어 있다.

길의 끝을 살피지 않고 출발한 용자들의 힘이 형상 밖으로 튀어나온
것인가! 깨지고 굽은 것들에는 무리가 못가는 길을 가는 듯한 홀고
위태로운 모습이 들어있다. 십칠년 삼월 "첫걸"을 쓰고 그리다. 김외대

고요를 듣다

꽃 지는 고요를 다 모으면 한평생이 잠길 만하겠다.

고요롭다
꽃지는 고요를 다 모으면 한평생이 잠길만 하겠다. 성철년 삼월 김주대 쓰고그림

귀소(歸巢)

새는 하늘로 날아오르는 순간 두고 온 제 무게를 그리워한다.

새는 하늘로 날아오르는 순간 두고온 제 무게를 그리워 한다
십칠년 삼월 이십오일 귀소(歸巢)를 쓰고그림 김주태

진달래꽃

뒷산 진달래꽃 피는 소리 붉다. 모으면 한 독도 채우겠다. 그대 숨소리에 젖
던 첫날처럼 몸이 붉어진다.

뒷산 진달래꽃 피노라고 붉다. 모으면 한 독도 채우겠다. 그대 숨소리에 갓핀 첫날 계집 몸이 붉어진다.
십칠년 삼월 이심사일 "진달래꽃"을 쓰고 그리다. 김주대.

다육이 아들

잘린 모가지에 뿌리가 생겼다. 팔다리를 꺾어 던져놓았더니 팔다리에서 팔다리가 나왔다. 손가락에서 나온 손이 땅을 쥐기도 했다. 상처에 흐르는 내장의 맛이 달았다. 홀로 자란 자신을 닮은 줄을 아는지 외로운 아들은 애비에게 올 때마다 떨어진 목을 하나씩 주워 갔다. 애비는 아들이 온다는 날엔 일찍 일어나 목을 하나 잘라 바닥에 슬쩍 던져놓았다.

꽃 다리를 꺾어 도께
물 묶쳐주 있다. 상처
났으은 아비에게 목때마다 떨어진 목록 하나씩 주워 갖다,
애비는 이름이 오다는 날엔 먼 겁밭에서 목록 하나칼라 빗독에 던져주었다.

솔밭너니 꽃다리가
에서 내장이 홀러

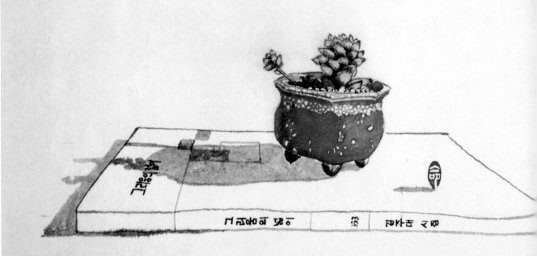

큰 가방을 들고 훌쩍거리던 아이가 버스에 올라 자리를 잡자 높은 이
차창에 젖은 손바닥을 댄다. 버스 안의 아이도 손바닥을 다
하얀 손바닥을 부슬비 맞으며 떠나는 버스를 높은 머지가 아
손바닥이 떨어지지 않아서. ㅡ 십칠년 일월 '터미널'

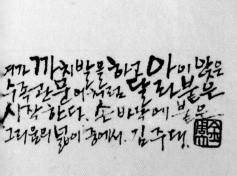

제가 까치발을 하고 아이 앉은
수족관 물 어쩌고 달라붙우
시작 한다. 손 바닥에 붙우
그리움의 붙이 중에서. 김주대

터미널

큰 가방을 들고 훌쩍거리던 아이가 버스
에 올라 자리를 잡자 늙은 여자는 달려가
까치발을 하고 아이 앉은 쪽 차창에 젖은
손바닥을 댄다. 버스 안의 아이도 손바닥
을 댄다. 횟집 수족관 문어처럼 달라붙은
하얀 손바닥들. 부슬비 맞으며 떠나는 버
스를 늙은 여자가 따라 뛰기 시작한다, 손
바닥에 붙은 손바닥이 떨어지질 않아서.

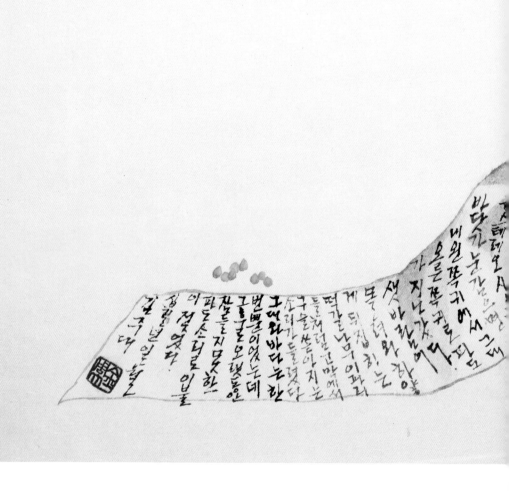

최고급 스테레오 시스템

바닷가, 눈 감으면 내 왼쪽 귀에서 그대 오른쪽 귀로 파도가 지나갔다. 샛바람이 몰려와 하얗게 뒤집히는 떡갈나무 이파리들처럼 고막에서 구슬 쏟아지는 소리가 들렸다. 그대와 바다는 한 번뿐이었는데 그 후로 오랫동안 잠들지 못한 파도 소리로 이불이 젖었다.

기도

통나무 죽은 틈에 온 꽃, 작은 꽃, 하얀 꽃,
예쁘지 않습니다. 존경스럽습니다.

이유

바람이 불 때 꽃은 너무도 불안하여
그만 예뻐져버렸다.

바람이 불때
꽃은 나를
그만
예배서
비럐서
섬검남섬벌동
깅옷그때

경계

안팎의 경계가 피부라면 피부의 안으로 들어온 바깥의 찬 기운은 안인가 밖
인가. 눈으로 만져 기억으로 내려간 꿈속에서도 그려지는 고향의 산들은 나
인가 풍경인가. 당신의 흔들리는 어깨에서 손 안으로 번지던 열, 손 안에 만
져지던 눈물은 당신인가 당신인가.
나와 타인의 경계가 마음이라면 눈 감아도 그려지는 사람만이 나인가. 마음
에 두려고 해도 자꾸 달아나는 기억은 타인일 테지. 밥을 먹다가 내가 낳은
새끼들도 밥은 먹고 있을까 목이 메일 때 목 안으로 떨어지는 눈물들은 나일
거야 온통 나일 거야, 마음이니까.
나와 당신의 경계가 입이라면 식인의 풍습을 이해할 수 있어. 바깥에 있는
것을 안으로 옮겨 하나가 되고자 하는 무서운 사랑. 입이 경계라면 입 밖으
로 내뱉은 저주와 간사한 희망의 말들은 내가 아닐 거야. 당신의 몸을 핥던
혀로 당신을 차지하겠다던 생각이 믿음직스러웠던 거. 입 안으로 오는 당신.

우리는 넘나들다 서로를 가두며 풀고 서로에게 진입하여 무차별 공존하지.
부드럽게 서로를 넘어가 새로운 곳으로 이동하려고 자주 힘들었던 걸 거야.
현재를 파괴하고 우리로부터 얼마나 멀리 달아날 수 있을지 늘 흥분했잖아,
앞발이 손이 되었듯이, 지느러미가 날개가 되었듯이.
안팎의 경계가 사랑이라면 사랑하는 모든 것들은 이미 나이겠는데, 사랑하
는 상처까지 나여야 경계가 없는 나이겠는데.

경계

안팎의 경계가 피부라면 피부의
안으로 들어온 바깥의 찬 기운은
안인가 밖인가. 눈으로 만져
기억으로 내려간 꿈속에서도
그려지는 고향의 산들은
나인가 풍경인가. 당신의
흔들리는 어깨에서 손안으로
번지던 떨손안에 만져지던 눈물은
당신인가 당신인가. 나와 타인의
경계가 마음이라면 눈감아도 그려지는
사람만이 나인가. 마음에 두려고 해도
자꾸 달아나는 기억은 타인의 테지. 밥을
먹다가 내가 낳은 새끼들도 밥을 먹고 있을까.
목이 메일 때 목안으로 ㄴ떨어지는 눈물들은 나일
거야. 툭툭 나일 거야 마음이니까. 나와 당신의 경계가입
섬인의 품을 이해할 수 있어. 바깥에 있는 것을 안으로 볼
하나가 되고자 하는 묵서른 사랑. 밥이 경계라면 입박
내 밥은 저 국 와간 시한 희망의 밀들은 내가 안 걸거야. 당
품을 할던혀로 당신을 지지하겠다던 생각이 믿음직스러웠

입만으로 보는당신, 넘나들며
서로에게 진밉하며 무하벽
공존하지, 부드럽게
서로를 넘어가 서로를
곧으란 이동하려고
자국하늘 었던걸거야
현재를 파과하고 무리로
부터 얼마나멀리 떨어날 수
있을지늘 흥분을했고 잡아
발발이 손이 되었듯싶, 지난테미가
날게가 되었듯 이, 단과 의경게가
사랑이라면 사랑하는 모든것들은 이미
나이겠는 데, 사랑하는 상위까지 비어야 경게
가 없는 너미겠는 데.

는 나 아니었던적이 없다, 그렇다면 나와나아닌것의경게는
것일까, 하는생각이 이어질때가있다, 보고들은 느낀것들이
이있를 몸을만져보기도하고땅눈감고 느껴보기도 한다,
을때 속면 위로 풍적히떠오르는 물고기 처럼떠오르는생
에있다, 이천십육년칠월이십일밤 김주대쓰고그림

추락할 때 마다 이렇게 이렇게 게 받치고 또
푸른 목숨 끝없이 어울려 기울어가 나라를 둘러싸울 거야 그
사랑하니까, 사랑 ㄹ하니까 이길거야 제도 이길게

우리 이렇게 자꾸 이어 나가면
우리 이렇게 받치면서 가면 돼
별심이될 '한사람씩' 가즈다.

한 사람씩

추락할 때마다 이렇게 이렇게 한 사람씩 받
치고 또 받치면서 자꾸 이어나가면 푸른 목
숨 끝없이 걸어가 나라를 둘러쌀 거야. 좀
먼 날이더라도 그때까지 우리 이렇게 받치
면서 가면 돼. 져도 이길 거야, 사랑하니까.
우리가 얼마나 좋은 사람들인데.

우묵한 봄

빈집 버려진 소파의 우묵한 데는 엉덩이가 헛것처럼 자꾸 보인다. 미처 떠나지 못한 엉덩이만 남아 옛날을 사는 걸까. 행복했을 시간의 무게가 깊다. 기억처럼 빗물이 고이고 흙먼지 쌓이는 자리, 꽃 피는 봄이나 비 오는 저녁이면 엉덩이는 남아 우묵하게 주인을 기다리기도 하는 것이다.

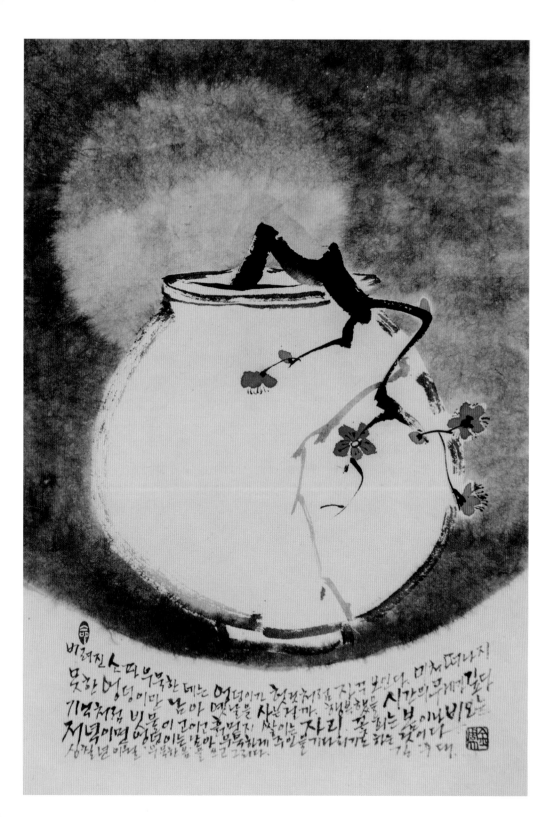

낙향

낙엽을 주위 한 그릇 담아놓았다. 일 다 하고 땅으로 돌아온 마음이 수북
하다.

낙엽을 주워 한 그릇 담아놓았다. 잎 다하면 땅으로 돌아온 마음이 충족하다.
성철 민성명력 시상원 "낙엽"을 선보이다. 김리애

나의 신(神)

돌에게 붓을 주고 신을 그리라고 하면 눈도
코도 없이 뭉툭한 머리만 그리겠지. 풀에게
신을 그리라고 하면 하늘하늘 나부끼는 푸
른 허리의 신을 그릴 테고, 그 옛날, 사람들
에게 신을 그리라고 했더니 사람을 그려놓
았듯이 말이야. 뱀의 신은 혀를 날름거리며
바닥을 기어 다닐 거야. 말의 신은 아름다운
갈기를 늘어뜨리고 서서도 잘 수 있는 무릎
을 가졌을 거야. 물론, 새의 신은 나뭇가지
에 올라앉아 밤낮 높고 낮은 음으로 사랑을
지저귀겠지. 그러나, 누가 누가 내게 붓을
주며 신을 그리라고 하면 나를 조금도 닮지
않은 나와 반대되는 신을 나는 그릴 거야.
키가 크고 옷도 자주 갈아입는 신. 아프지
않고 그리워하지도 않는 신. 밥을 안 사 먹
어도 힘이 나는 신. 무엇보다, 자식과 여자
를 간절히 사랑하지 않는 눈과 심장이 없는
늘씬한 남자를 그릴 거야.

104

없이 뭉툭한 머리만 그리겠지. 풀에게 신을
신을 그릴테고, 그 옛날, 사람들에게 신을
뱀의 신은 혀를 날름거리며 바닥을 기어다
서서도 잘수있는 무릎을 가졌을 거야. 물론 새의 신은
뜨리고
사랑을 지저귀겠지. 그러나, 누군가가 나에게 붓을 주며 신을 그리라고 하면
는 그릴거야. 키가 크고 옷도 자주 갈아입는 신 아니지 않고 그리라 하지도 않는 신
와 여자를 간절히 사랑하지 않는 눈과 심장이 없는 측은한 남자를 그릴거야.
기쁨살로 조금 마른 새벽에 풀시 `나의 神`을 그리고 한다. 그냥 그대

나전칠기

나는 우리나라 나전칠기를 좋아한다. 나전칠기는 좋다.

나는 우리나라 나전칠기를 좋아한다. 나전칠기는 좋다.
삼칠년사월삼육일 "나전칠기"를 보고 그리다. 김주대

슬픈 탕수육

노동자의 심장에서 끓는 '쇳물'을 주먹에 찍어 '강철 소설'을 써내던 그는 노동해방 투사이자 가장 주목받는 작가였다. 문화부 기자들이 그를 취재하기 위해 그와 몇 달씩 숨바꼭질을 해야 할 정도였다. 그런 그를 큰 출판사가 주최하는 문학상 시상식 뒤풀이장에서 이십 년 만에 보았다. 상을 탄 화사한 미니스커트 여자 곁으로 기자들이 몰려가 시시덕거리며 술잔을 부딪칠 때, 허름한 바지 쭈그러진 잠바의 그는 구석에서 혼자 고개를 숙이고 부지런히 음식을 먹고 있었다. 음식을 입에 가득 문 채 우연히 시선이 마주친 우리는 슬며시 젓가락을 내려놓고 행사장을 빠져나와 포장마차로 갔다. 형, 씨바, 살아 있었구나! 오랜 세월을 건너가 소주잔을 부딪쳤다. 그는 감격하는 나를 쳐다보지도 않고, 어느 틈에 싸 왔는지 은박지에 돌돌 만 식지 않은 탕수육을 술잔 앞에 시부적시부적 꺼내놓고 있었다.

헐, 씨바, 살아있었구나. 오랜 세월을 겁낸가 소독 잔물 부닥쳤다. 그는 감격하는
나를 쳐다보지도 않고, 어느 틈에 사사 맞는지 흔박질에 둘둘 만 척치 많은 타 남구욱을
시의적시 부적 게게 비놀고 있었다. 십 절 년 사 절 속 판 당 두 웅을 쓰고 그리서. 겁 궁 지

두꺼비 연적

두꺼비 연적처럼 호들갑 떨지 않고 의젓하게, 의리 있게, 더러 의뭉스럽게
촛불을 따라……

두꺼비 열정처럼, 초롱잔 떨지앉고
의젓하게, 의리맞게더러 의연스럽게 촛불을 따라… 십칠년렬한 김천대

3부

따스한 서쪽

김선미 선생님

외할머니가 키우는 아이인 걸 알고 외할머니 생신 때마다 미역을 사서 자전
거 뒷자리에 묶어주시던 선생님. 중학교 1학년 때 선생님께서 오셨다. 삼십
육 년 만의 만남이었다. 스물 몇 예쁜 처녀는 할머니 수녀님이 되셨다. 신의
뜻이라고 하셨다. 이젠 내게 미역을 사주셔도 갖다드릴 외할머니는 없다고
말씀드렸다. 신의 뜻이라고 하셨다.

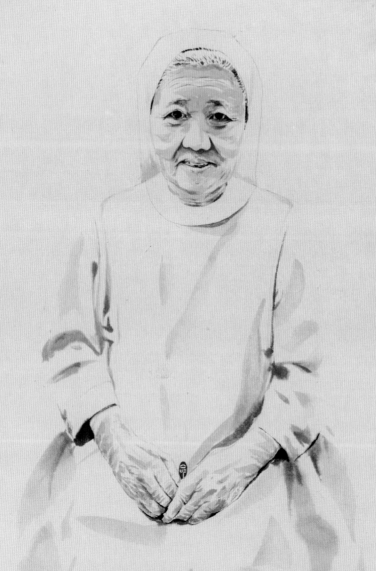

뒤할머니가 키우는 아이인걸알고 외할머니가 임신때미역 미역을
사쥐 차생째 뒷지리에 묻어주시던 그당당고 일학년때 선생님께서
오셨다. 사남삼육년만의 만남이였다. 스물열 대세 치시는
할머니 남녀님이 되어 있었다. 신의 뜻이라고 했다. 이쳰 내게
미역국 사주어도 갚지도될 뭐할머니도없다. 다 신의뜻이라고
하셨다.
심이년시절 복일 김선미선생님블 시밀각하며. 김 구대 보그림

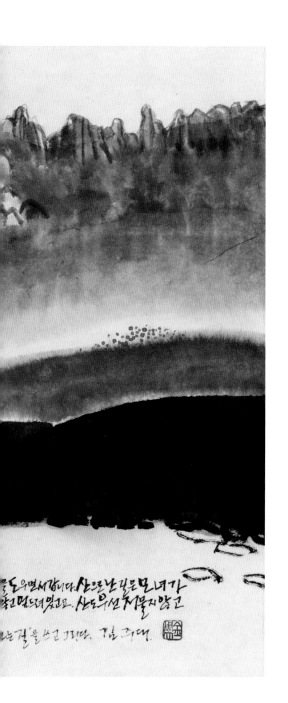

미황사 가는 길

몸이 불편한 딸이 노모의 느린 걸음을 도우면서 갑니다. 산으로 난 길은 모녀가 흔들리지 않도록 허리 꾸불텅한 채로 한참을 엎드려 있고요. 산도 우선 저물지 않고 기다리는 중입니다.

조상님요, 부처님요, 하느님요

조상님요, 부처님요, 하느님요, 위에서 보면
뭐 좀 보이능교? 저분이 우리 어무이라요.
맨날 저카고 사시이 소원 함 들어주소. 추석
잉게 하는 쪼맨한 부탁이라요. 어무이 부탁
들어주시면 그게 제가 잘되는 길이긴 해요,
히히히. 그래도 부탁이라요, 한잔했거등요.

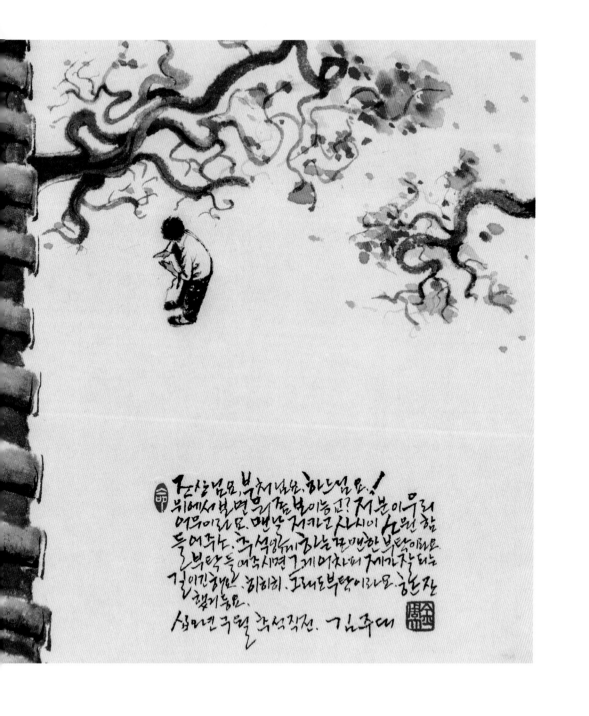

감자 캐는 여인

호미로 대지에 말을 겁니다. 대지가 대답을
내놓습니다. 동글동글한 대화가 여인의 뒤
로 하얗게 이어집니다.

120

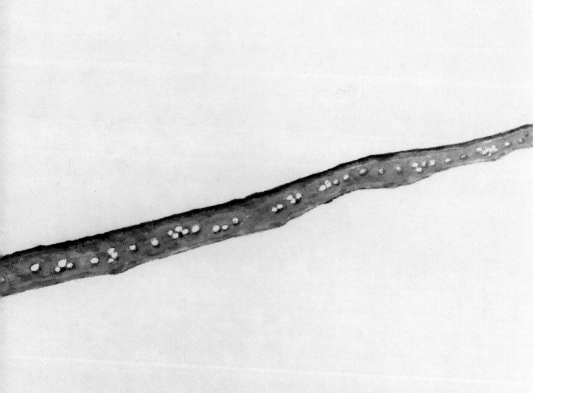

호미로 대지에 말을 겁니다. 대지가 대답을 합니다. 토실토실한
대화가 여자의 뒤로 흐뭇하게 이어집니다.
십칠년 칠월 여름에 감자를 캐는 여자 흙으로 그님 김주대

좋은 날이 올까요

"어머니, 좋은 날이 올까요?"
"살다 보면 와, 안 와도 가야 하는 거고."
"네, 어머니."
"아들아, 가자, 가다 보면 온다."

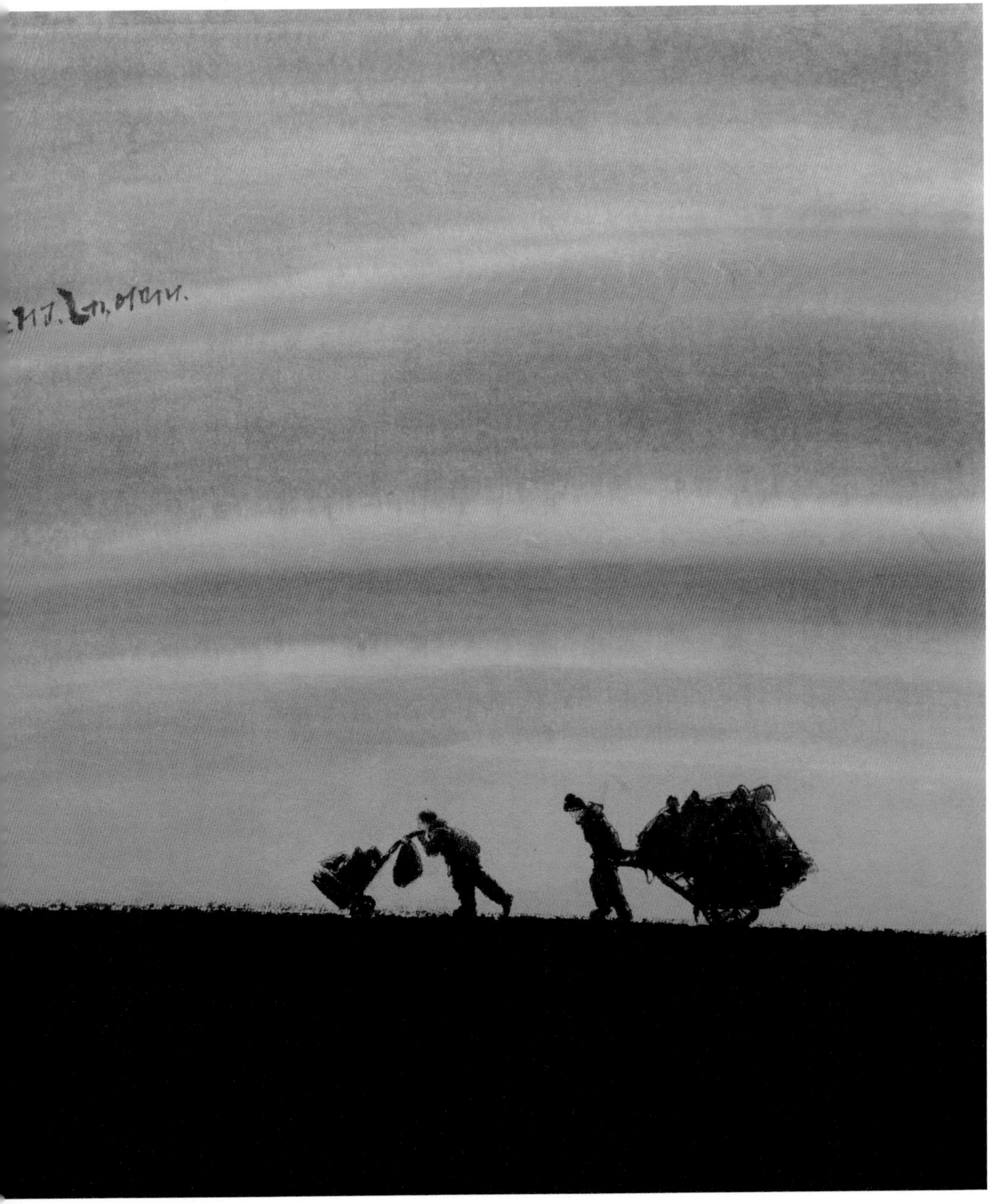

고소한 대화

"아이고, 씰데없는 소리 하지 말고 참깨나
묶어요. 이기 머 얼매나 된다고 이걸 팔라
캐요. 추석 때 가들 온다 카던데, 오마 실리
보내야지. 이거라도 짜서 주마 저들 일 년은
먹을 낀데. 고마 딴소리하지 말고 얼른얼른
묶어요. 비 올라 카는구마."
"묶고 있잖아."

귀가

일당벌이 하루 마치고 집으로 돌아가는 길,
흘러내린 꿈처럼 그림자 길게 따른다. 남은
해가 쓸어놓은 언덕길을 따라 욱신거리는
몸뚱이 굽이굽이 가족들 곁으로 저문다. 삶
의 서쪽이 따스해진다.

어르신두분아르바이트
산폭면길엇지시다.여
녑앙맜다.묵어키우는가
가난한지먹에,

섬노인철원줄시'풍

풍경

어르신 두 분 아르바이트 밭일 끝내고 집으
로 돌아가신다. 굽은 어깨에 남은 해를 지고
산 쪽으로 깊어지신다. 영감 떠난 지 오랜
집 잉꼬 전자밥통 속에는 어제 한 묵은 밥
이 남아 있다. 묶어 키우는 잡종개 한 마리
천천히 일어나 꼬리를 흔들 법한, 우리 어머
니들의 가난한 저녁에.

나물 캐는 남자와 여자

잘한다고 먼저 가지도 않고, 못한다고 뒤처지지도 않게 따라가는 것이 배려
인가 봅니다. 친절일까요? 사랑일 것도 같습니다. 매화 아래 나물 캐는 남자
와 여자가 나란합니다.

잘하려고 먼저 가지도 많고, 못하다고 뒤쳐지지도 않는 것이 배려있가
봅니다. 저려일까요? 사랑일 것도 같습니다.
성철년 이월 십칠일 나무개는 남자와 여자를 보면 그리다. 김주대

"두 부부의 대화" 금머 만 아파? 깨만이

궁디

"궁디 안 아파?"
"개안아요."
"아프마 쪼굴씨고 니리 앉아, 금방 가여."
"뭐 운제 내 궁디 생각해줬다고, 운전이나 잘해요."

난전 식사

쪼그려 앉아 식사하시는 난전 할머니들 입에 큰 밥숟가락이 들어가는 걸 보고 기분이 좋았다면 내 기분도 밥에 얹혀 할머니들 배 속으로 들어갔을 거야. 서서 보는데도 같이 쪼그려 앉은 듯이 다리가 아파오고 입에 침이 고였거든. 맛있냐고 여쭈었더니 입에 밥을 문 채 "밤멍웅데 마이시키이마" 하시더라고. 얼마나 맛있었으면, 얼마나 시간이 없었으면. "히히, 죄송요" 그랬지 머.

135

난전 할머니

할머니의 다리는 생계를 묶어놓은 말목입
니다. 일생 한 평 장바닥을 지킨, 피가 통하
지 않는 의자, 여자의 강한 하체입니다.

아이구 빠나마 빠글빠글 하니 자알뎄네 염색두 새까마키 됐고, 그 둘이 함께 오천년 깎아주데요 아지매두 모자 벗고 산뜻하이 빠마해요 봄도 됐는데그
심ㅁ경ㅁ공ㅁ 김ㅁ중ㅁ대ㅁ

대화

"아이구, 빠마 빠글빠글하이 잘됐네. 염색도 새까마키 됐꼬."
"둘이 함께 오처넌 깎아주데요. 아지매도 모자 벗고 산뜻하이 빠마해요, 봄도 됐는데."
"그러까? 봄도 왔응께."

불쌍한 다리

영주 오일장 내복 사고 고기 사서 어깨보다도 좁은 섶다리 건너가시는 할머니. 먼 데나 보며 한쪽 팔 휘휘 저어 뛰듯이 나아가신다. 불안한 것은 오히려 섶다리. 쾅쾅 내딛는 할머니 발 놓칠까 꼼짝도 하지 않고 좁고 길게 엎드려 기가 죽은 섶다리. 그러거나 말거나 할머니는 눈길 한번 주지 않고 검은 겨울강 홀쩍 넘어가신다. 영주 무섬마을 섶다리는 눈길도 못 받는 불쌍한 다리.

영주 모래장 냇물사는 건너가서. 어깨보다 좁은 외다리 건너가는 할머니
멀리나 보며 한쪽 폭 희희 저어 듯이 나아간다. 불안한 것은 실다리
쿵쿵 내딛는 할머니 발 옮김까 꿈짝도하지 않고 길게 두려 가까우로 실다리
그려가만 말려 할머니는 꿈쩍하면 주지않고 깊은 겨울강을 훌쩍 넘어간다
영주무섭다록 실다리는 무너라나에서 제멀 불쌍한 다리다.
이천삼육년 삼월이약 삼구일 '불쌍한 다리'를 보고 그리다. 김주연

여자의 일생

무등산 수박만 한 머릿짐 이고 두 팔 자유롭
게 할머니 가신다. 일생 식구(食口)들을 향한
채 흔들리지 않았을 중심에는 등짐도 한짐
이다. 내려놓지 못한 무거운 사랑을 따라가
며 땡볕이 탄다.

동행

"할매, 아직 멀었어? 다리 아파."
"응, 다 와가. 쪼매만 더 가서 업어주께."
"할매는 다리 안 아파?"
"응, 나는 할맨께 안 아파."

안부 전화

추석 때 애들하고 외국 간다고? 그래그래.
억지로는 오지 말고 시간 되면 와. 동서울서
세 시간밖에 안 걸리긴 하더라. 억지로는 오
지 말고. 차 타면 금방이데.

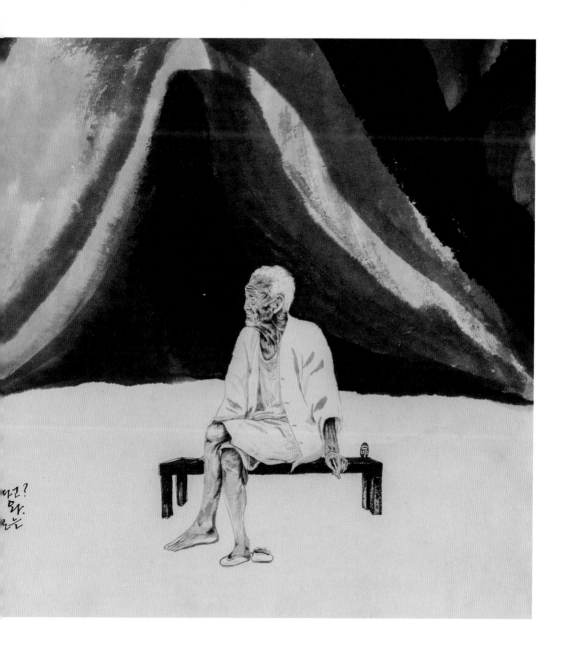

낮잠

어르신이 길가 의자 위에 무거운 몸과 잠을 구분 없이 올려놓았다. 그러하니
어르신의 곤한 잠이 떨어지지 않도록 세상은 살살 지나가기 바란다. 발아래
놓아둔 막걸리 한 통이 충직하다.

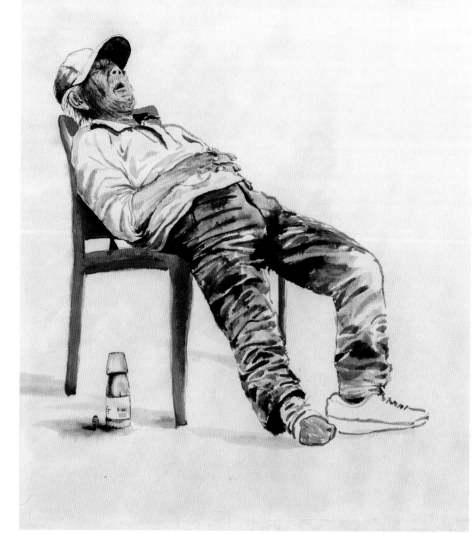

어르신이 걷가의 자위에
무거운 몸과 잠을
구분없이 올려놓았다
근면한 어르신의 근환
잠이 덜어지지 않도록
쉬엄쉬엄 지나가기
바란다. 반안 눈을
막걸리 한통이 충직하
게

삼복더위 낮잠을 보며
김준기 씀

인생

돌아가는 길에 눈으로 꽃을 쓰다듬는다.

돌아가는 길에 눈으로 꽃을 쓰다듬노라. 엇처 년 삶헌 인생을 쓰다. 김부대

봄 전화

"구야 애비냐?"

"응, 나야. 엄마, 머 해여?"

"봄나물 좀 다듬고 있다. 이사 간 데 괜찮나, 안 무섭나?"

"괜찮아. 벌써 봄인가?"

"여긴 산도 들도 다 봄이라. 너도 봄이 되면 엄마 맘이 좋겠다."

구야 어머니다 음 나야 엄마 머해머? 봄나물 좀 다듬고있다 이사간 데는
괜찮다 안되지만 고만참아 벌써 봄인가? 여긴 산도 들도 다 봄이다 너두
봄이되면 엄마 맘이 좋겠냐 삼월이래 봄철의좋다 김구 매

어려진 남편의 사진

이 양반 오십구에 죽었응께 나보다 어려졌어. 자기보다 스물다섯도 더 먹어 버린 마누라를 알아볼까? 승질은 지랄 같았어도 날 참 좋아했어.

이양반 로삼과에 출영롱게 나눈다 여겨졌어. 자기보다 스물
다섯도 밀어져진 말누리록 알이보까것 음절로 치 덕같이 앞
어도 녹 참 좋아핸빛어 "어매의 여겨진남면" -긺쪽더기

4부

돌 속으로 번진 미소

우리 동네 석탑에는 칸트가 산다

네가 여름 한철 거기 피어 사는 것이 어떤 목적을 위해서가 아니므로 너는
자유롭다. 비록 너의 의지로 세상을 파랗게 덮을 힘이 부족해도, 결과에 대한
기대를 버리고 풀씨의 의무에 충실하여 피어난 순수함이 아름답다. 누가 보
든 말든 여름 내내 너는 나의 칸트였다.

塔

우리 동네 산여름에 석탑에

칸트였다.
너는 나의
보든 말든
수답다
피합다

심욱피유윌 김주대씨그림

조각

정으로 돌을 쪼듯 날카로운 붓끝으로 종일
종이를 쫀다. 번뇌가 떨어져 나가는 자리에
먹빛 돌의 근육이 생기고 돌 속으로 미소가
번진다. 지그시 눈 감은 부처가 태어난다.
따스해진 돌이 종이에 앉아 웃는다.

사월

못다 한 말 있어, 바람 속에 꽃 피고 꽃 지거든, 다녀간 줄 알아라.

못다 한 말 있어 바람 속에 꽃 피고 꽃 지거든
다녀간 줄 말아라.

삼천년 사월 십오일 "사월"을 쓰고 그림 김구대

표정

먹이를 물고 온 산까치가 발로 머리를 누르자 지그시 눈 감는 불상. 허공을
디디고 온 발의 무게를 느끼며 턱을 당겨 가만히 긴장한다. 입술 오므려 소
리를 닫는다, 편히 먹고 가시는지 귀만 늘어지도록 열어두고.

에밀레종

일이 있어 우연히 그 집에 들렀다가 색깔 검은 김치 한 가지 놓고 밥 먹는 아이를 보았다. 입 안의 밥을 삼키지도 않고 숟가락 든 채 일어나 멋쩍게 인사하는 아이. 들킨 것처럼 얼굴 붉히지 않았다면 덜 서러웠을 것을. 얼굴에 밥넣는 큰 구멍을 가진 착하고 어린 짐승을 어두운 방에 홀로 두고 돌아서는데 왜 이토록 목이 메는 것이냐.

화엄경

쪼그려 앉아 귀를 세우고, 아주 멀리서 왔으므로 무척 작아진 소리를 듣는
다. 새싹은 하나의 이념. 가장 깊이 이르러서 가장 얕은 곳으로 올 줄 아는 이
의 약속이다. 우주 이래, 지구 이후 흘러온 기억의 개화. 우주에서 음표 하나
가 빠져나와 이토록 작고 푸르다. 불가사의는 하찮게 실현되고 이념은 클수
록 소박하다. 햇볕 속에 단 하나의 세계를 건설하고 음악으로 돌아간다.

마애여래삼존상의 미소

정 하나로 돌을 살로 바꾸는 기술, 살이 된 돌을 간지럽혀 웃게 하는 기술. 백제는 아름다운 기술의 나라였다. 천길 벼랑 돌보다 딱딱해진 세상, 망치와 정을 들어 간질이고 싶다, 깨고 부수고 싶다.

돌을 살로 바꾸는
기술과, 살로 바뀔
돌을 간직 정의 웃게 하는 기술
백제는 아름다운 기술의 나라였다. 인정있는 백제의 후손이
되어, 딱딱해진 세상 한모통 섬세히 간절이건 싶다. 망치와 정을
들이 들어 깨고 부수며, '서산 영암철' 마애여래삼존불의 미소를 번민 그림 김규택

우리 집 상상도

뒷산에는 착한 신(神)들이 살아요. 소나무도 살고요. 마당에서는 붉은 닭이 대장이라요. 오른쪽 유리창만 큰 집은 제 작업실이고요. 왼쪽 집에 애인 동지의 작업실이 있고요. 빨간 커튼이 있는 방은 크크크, 둘이 붙어서 자는 방이라요. 산꼭대기에 있는 건 철봉이라요. 키 작은 저는 철봉을 해야 된대요.

뒷산에는 말 명긴 불상들이 있어요 어디 나무도 밤고모 물은 닭이 마당에서는 대하늘이라요 우리집엔만 큰집은 제 가득 연실이긴즘 원복 집에 베미둥지의 작은 연실이 있고요 빨간 게도 이 있는 발이 쳐져서 들이 불어가는 방이라요 산 밑이에 기 있는 긴 건물들이라요 저는 꽃불을 좋아하는 대요. 어쩌려살절긴 이고일 않으로 살고싶은 우리집을 꼽겠다. 그냥 두니

고이고 흩어지며 물들고 번져가다

소리는 고여 색이 되고 색은 소리에 물든다. 자식을 먼저 보내고 부모의 기도 소리가 고여 대웅전 앞뜰 연꽃이 희다. 여름 지나 꽃이 허공으로 흩어질 때에도 부모의 기도 소리는 구슬피 계속되었는데 허공으로 흩어지는 연꽃의 하얀색이 물드는 듯이 기도 소리에 연꽃 냄새가 나기 시작했다.

2015년 원점 타격

미륵님요, 올라만 좀 빨리 와요. 우리나라가
이상해요. 전쟁광들이 판을 쳐요. 아주 돌아
버리겠어요. 전쟁 난다 캐서 장난으로 라면
열 봉지 사놨는데 또 속은 것 같아요. 미륵
님요, 머 그키 망설이고 그래요. 올라만 퍼
뜩 와서 남이든 북이든 세상을 이래 만드는
사람들 그 심장의 원점을 타격해주세요.

염화미소의 발원지

마르지 않는 샘이 얼굴 가운데 있어 한 번 웃으면 육백 년 정도 일렁이며
돌이 번진다.

미르지 않는 사람이 얼굴 가운데 있어 한번 웃으면 몇백년
정도 밝혀지며 돌이 떠진다. 옆 화미수의백원지롭운다. 김규태

오붓하다

얼굴 안에 감추어져 있던 미소를 살짝 밖으로 밀어내고 있다. 밀어낸 미소를
멀리 보내지 않고 얼굴의 중앙에 모아놓는다. 어떤 즐거움을 홀로 즐기는 듯
고요하다. 밖으로 나가면서도 안으로 모이고, 안으로 모이는데도 밖으로 번
져, 보는 이에게 전염되는 미소. 오붓하다.

얼굴 안에 감추어져 있던 마음을 살짝 밖으로 밀어내고 있다.
밀어낸 마음을 멀리 보내지 않고 얼굴의 중앙에 모아 놓는다.
어떤 즐거움을 홀로 즐기는 듯 고요하다. 밖으로 나가면서도
안으로 모이고, 안으로 모이는데도 밖으로 번져, 보는 이에게
전염되는 미소. 오붓하다.

십오년 이월 김 주대

개구쟁이 부처님

입꼬리가 위쪽으로 살짝 오므라들며 미소가 번져 나온다. 작은 손은 밖으로 도망치려는 장난스러운 생각을 붙잡고 있는 듯 모으고 있다. 눈은 지그시 감 았지만 손과 코 사이 허공을 내려다본다. 그곳이 충만한 내면인 모양이다. 만 족이 미소와 함께 가슴 앞에 놓인다. 맑고 장난스럽다.

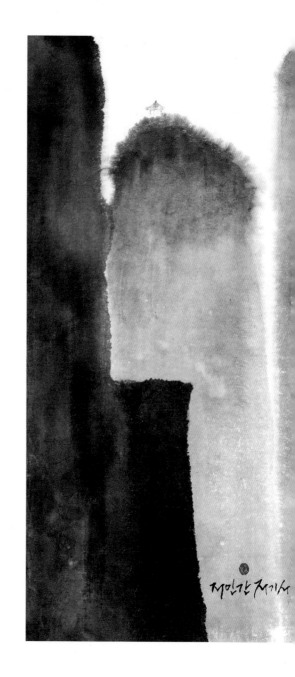

놔둬라

"저 인간 저기서 또 혼자 술 처먹는데요,
어쩌지요?"
"놔둬라."

먹는데　　　　여기서요? 말도마라. 미중밥벌이 미뤄 감주며동그리다

산중문답

"스님요, 어데 가요?"
"꽃 찾아간다."
"겨울에 무슨 꽃이 있다고 그래요."
"그러니까 찾아가는 게지, 이놈아."

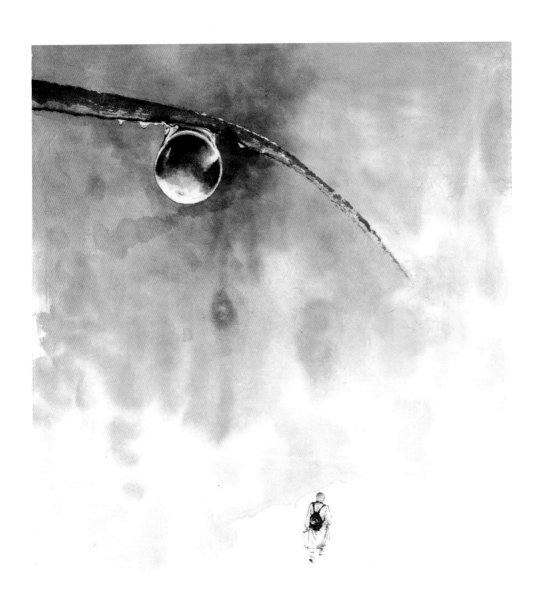

스님요, 어데 가로? 꽃 찾아 간다오. 저물어 무슨 꽃이 있다고 그라오. 그러니까 찾아 나서는 거제. 이 놈아. 이 팔 말팔 년 얼척 "나그네의 당"을 쓰고 그리다. 김현대

5부

둥글게 깎인 눈빛

개나리

노란빛들 하필 왜 다 사월이겠나요. 예쁜 것들 어찌 다 사월이 아니겠나요.
산 것들 노랗게 올 때 죽은 아기들 함께 와서 엄마 엄마 우리 엄마, 그립다는
말이 물들잖아요.

시선

이 아이는 영원히 이 아이다. 굵은 먹포도 눈망울에 나
를 다 집어넣어버린 아이. 이 아이의 눈망울에 깃든 나
를 누구도 건져낼 수 없겠다. 나는 이 아이에게로 익사
한다.

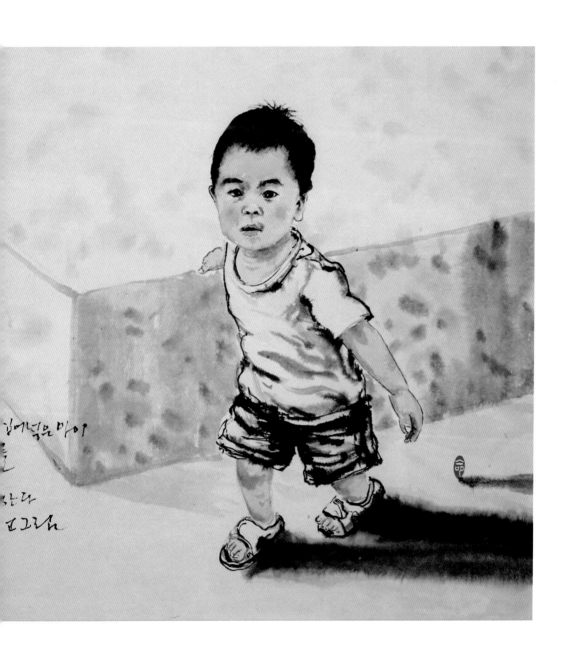

슬픈 속도

—도둑고양이

새벽, 아버지의 칼을 피해 도망치던 어머니
처럼, 고주망태 아버지의 잠든 틈을 타 잽싸
게 칼을 숨기던 형처럼, 빠르게 지나가는 녀
석의 그림자.
돌아보면 모든 속도가 슬프다.

처럼.

ㄴ여석의 그림자.

매화 아래 자폐

전화하지 마, 문자도 하지 마. 화해하고 싶지 않은 것도 아니고, 당신들이 미워서도 아니야. 그리움도 경제도 내 안에 돌돌 말아 넣고 잠들고 싶을 때가 있는 거라. 꽃 피는 봄이니까 꿈꾸는 거야, 그리 알아. (전화질할 시간에 당신들도 꿈꿔.)

전화 한 것만 하지만.
문자 도 하지마.
래 해한 실지 않은 네가
미워서가 아니야.
그냥, 그림을 경제
내 안에 돌돌돌 말아 넣는
잘 둘둘 실을 맨 있는거라
꽃피는 봄 이니까
꿈꾸는 거야.
그리 알 아,
실 없 는 이원

자 聲 를 쓰 다

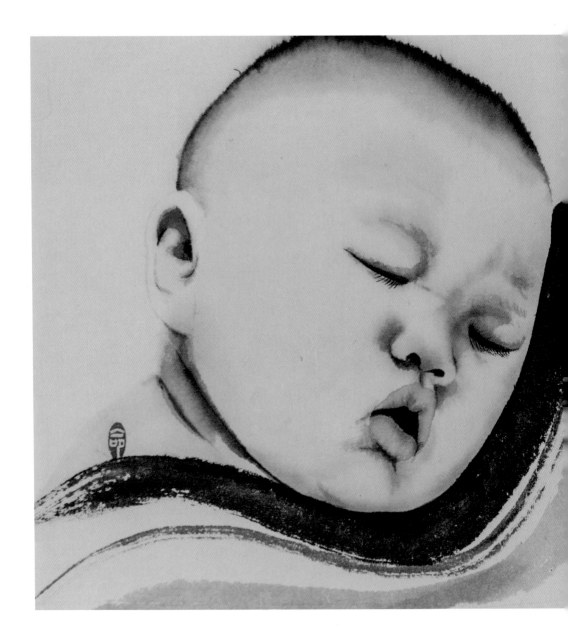

의논

잠든 아기 바알간 붕어 입을 보고 있으면
깨워서 인생에 대해 좀 의논하고 싶었다.

스스로 빛

스스로 빛나는 줄도 모르고 빛나는 것들이 세상에는 있으니, 나 어둠 속으로 떠나네. 살다 살다 지쳐 덜컥 깊어진 목숨. 둥글게 깎인 눈빛들 만나려네. 뜨신 국밥 앞에 마주 앉아 막걸리 한잔하며 함께 큰소리치며 저물라네.

가을 아기

도마뱀 뒷다리 걸음이다. 초코파이만 한 신
발, 끈끈이 밟은 것처럼 쩍쩍 떼어놓으며 방
탕하다. 머리 몸통 구분 없이 뼈 없는 핏덩
어리 한 점 건들건들 꽃 속으로 들어간다.

꽃

눈으로만 들을 수 있는 말이 있다.

다.
십칠년삼월"꽃"을쓰고그리다. 김주대

봄

시선을 버리고, 소리가 사라진 뒤에 온다. 너 오는 길에 앉아 눈을 파고 시끄러운 귀를 자른다. 몸을 힘껏 우그려 밖을 추운 안으로 끌어당기면, 몸 안에서 천천히 꽃이 핀다.

신선을 버리건 소리가 사라진뒤에 온다. 너 오는 길에 앉아
눈을 하고 시며 너를 귀족 자른다. 몸을 우그려 밖을 축을 안으로
힘껏 끌어당기면 몸 안에 주름잡히 꽃 피핀다. 유월 년 아침 봄 동산. 김 주대

꽃 보는 아이

"얘야, 저 꽃 좀 쳐다봐줘, 사진 좀 찍게. 과자 하나 사주께."
"과자 안 사줘도 돼요."
"왜?"
"꽃 보는 거니까요."

애야, 저 꽃 좀 쳐다봐라. 사진 좀 찍게
고개 하나 삐딱하게
이리 안 섰으려도 됩니다.
오니?
구름 보는 거니까요.
심오한 날 시에 '꽃 보는 아이' 를 보고 그린다.

묘(猫)한 대화

"무슨 생각해?"

"당신 생각."

"그럼 날 좀 보고 대답해야지."

"아냐 그냥 이대로 있고 싶어."

"왜?"

"당신을 안 보고 당신을 생각하면 가슴에
당신이 더 깊이 새겨지니까."

211

소외감

학 두 마리가 서로 쳐다보면서 굳은 듯이 서 있었다. 사람이 다가가도 날아
가지 않았다. 소리를 질러도 날아가지 않았다. 사랑하는 것들은 얼마나 무서
운 것들인지, 사람을 사람 취급을 안 해주네.

학 두마리가 서로지긋이 쳐다보면서 굳은듯이
서있었다. 사람이 다가가도 소리를 질러도 날아가지
않았다. 사랑하는 것들은 영매 무서운 것들인지.
사람을 사랑 취급을 한해주었다
심미연 설렘을 줄시 소리감을 본다. 김규대

출처

바람이 제 살을 찢어 소리를 만들듯 그리운
건 다 상처에서 왔다.

바람이 제 살을 찢어 소리를 만들듯
그리운 건 다 상처에서 왔다.
십천년 아월 '출처'를 쓰고 그리다. 김주대.

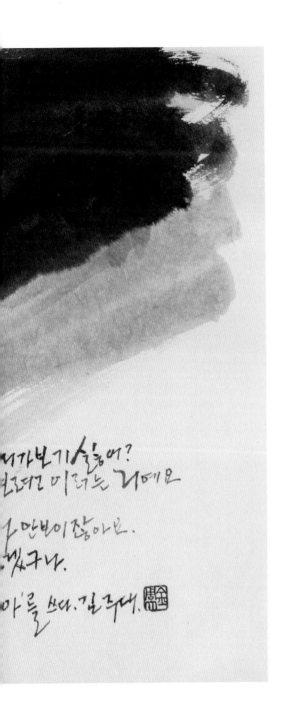

무아지경

"꼬마야, 내가 보기 싫어?"
"아니, 나를 안 보려고 이러는 거예요."
"왜?"
"나를 안 보면 다 안 보이잖아요."
"아, 그렇겠구나."

먹먹한

김밥으로 끼니를 때우기 전 알바생 어린 딸이 흘깃 쳐다보았을 비싼 음식 모형. 나도 모르게 침 넘어가는 순간 몸에는 어느새 눈물 냄새가 번진다.

길고양이

그만 돌아가. 나는 돌아가지 않을래. 어쩌면 나는 이미 어떤 길이거든, 돌아
갈 수 없는.

그만 돌아가
나는 돌아가지 말라 해
어쩌면 나는 이미 어떤 길 이거든, 돌아갈 수 없는,
심철년 활월 십 철영 걸고 안이를 쓰고 그림 김주림

목숨은 몸이 관장하는 일이니 짐승의
입으로 죽음에 대해 말하지 마, 많은
기대를 걸어 봄의 따끈따끈한 일로 생각다 봄때
그냥 살아 있는 삶이 있어, 영영 울면서도 몸의
아가리에 방울 펴면 눈개 인생이 자아, 울지말걸
자국 기지개를 펴봐, 얼 안에 침이 근어면서 생각
의 칼이 여려질 서어
심 칠년 시월 리지 개 글 쓰고 그림 개주대

〔낙관〕

기지개

목숨은 몸이 관장하는 일이니 정신의 입으로 죽음
에 대해 함부로 말하지 마. 몸의 기지개를 켜봐. 몸
의 마디마디를 일으켜 세우다 보면 그냥 살아질 수
있어. 엉엉 울면서도 몸의 아가리에 밥을 퍼 넣는
게 인생이잖아. 울지 말고 자꾸 기지개를 켜봐. 입
안에 침이 고이면서 죽음의 칼이 내려질 거야.

검은 고양이

그림자처럼 어두워지는 몸. 문득 돌아보면
나를 빠져나가 사라진 내가 보인다. 눈은
어둠 속에서만 빛나는 탈출구.

부자 상봉

두어 달 만에 아이를 만났다. 아이는 웃는 머리를 외로 젖히고 팔만 내밀어 나를 툭 쳤다. 나도 진동 기구처럼 좋아라 몸을 흔들다가 팔만 내밀어 아이를 툭 쳤다. 그러고는 서로 눈이 마주치자 갑자기 똑같은 말을 내뱉었다. 밥은?

6부

쓰다 버린 시간

힘찬 슬픔

미세먼지 해를 가린 빽빽한 허공을 저으며
줄지어 날아가는 새의 가족. 홀아비가 된 시
인 형들과 내가 낳은 가난한 아이들도 거기
함께 어기영차 날아간다. 나도 날아간다. 저
토록 힘찬 슬픔이라니! 끈도 없이 서로를
놓치지 않는구나.

설날

다 고향에 간 것은 아닌 모양이다. 오피스텔 촌 건물마다 몇 개의 불빛들이 밤늦도록 켜져 있다. 생수라도 한 사발 차려놓으면 조상들은 귀신같이 그곳으로도 올 것이다. 아빠와 둘이 사는 1512호 아이는 또 중국집 배달원에게 설날도 짜장면 배달되냐고 물어보고 있겠지.

그믐게씩의 불빛들이 밤늦도록
이그곳을도요 것이다. 이따라
광면비멀 타나고묻고있았지.

심육년음력일월일일 `설날` 을 쓰고 그리다. 김주띠.

금~~~~ 허리에 물통을 걸고 할머니가 산~~~~
~~~~~~~ 마을회관앞 화분의 고추모종이
~~~~~ 화분 그림자 손을 내밀고있었다
~~~~ 쓰고 그리다. 기흥무대 🔲

오월

호미처럼 굽은 허리에 물통을 걸고 할머니
가 산동네 꼭대기까지 오셨다. 마을회관 앞
화분 속 목말랐던 고추 모종이 "할머니 어서
오세요" 하고 그림자 손을 공손히 내민다.

노동의 저녁 •

타워크레인의 머리가 교각 위로 우뚝 솟는
다. 육지와 섬을 잇는 공사 현장으로 노을이
한 발씩 내려서기 시작한다. 교각 위 하루
일을 마무리하는 사람들의 그림자가 짙어
진다. 태양을 등진 날에는 누구나 그림자를
입는다. 그림자는 몸에서 흘러나온 꿈, 다가
갈 수도 멀어질 수도 없이 모진, 악착같은.

• 제목은 박노해의 시 〈노동의 새벽〉을 변용함.

나무 그림자와 벽

빛의 경로를 따라 몸을 빠져나간 나무가 벽
에 납작하게 붙는다. 추운 겨울 벽은 나무의
색과 소리를 지우고 아픔의 뼈대를 까맣게
안아준다. 손을 내밀어 벽을 쓰다듬는 나무,
나무의 손길을 제 몸에 파 넣는 벽, 상처를
지우며 진입하여 비명도 없이 하나가 되는
서로가 있다.

나무그림자와 벽②
빛의 경로를 따라 봄을 빠져나간 나무가 벽에 납작 하게 붙는다. 늦은저녁
벽은 나무의 색깔과 소나무를 지우고 아픔의 백팔대로 까맣게만 만든다. 온몸 내밀어
벽을 쓰다듬는 나무, 나무의 손가락 제몸에 값없는 벽, 상처를 지우며 절망해
비명도 없이 하나가되는 서러가있다. 심추년 심월밤 기님 구다.

꿈다방 종친회

소주·맥주 꿈다방 OO김씨종친회 항시 대
기. "와? 이해가 안 되나? 더 나이 들면 이해
될끼다. 사는 기 머 있노? 다 그렇제."

사람이 쓰다 버린 시간

"자기야, 왜 맨날 폐가만 그려?"
"사람이 쓰다 버린 시간을 그리는 거야. 아직
울먹울먹 흐르는 게 보여서 그래."
"너무 우는 것만 그리면 안 팔리잖아."
"안 팔리면 두고두고 우리가 울자."
"알겠어, 울게, 같이 울자."

신라 이용소 간판

내려앉을 듯 내려앉을 듯 안 내려앉더라고.
간판이 머가 중요혀. 이발 잘하면 최고지.
안 그려? 삼십오 년 됐어. 안 망하더라고.

지워지지 않는 1974년

1974년 국가는 국민을 총동원했습니다. 뭉
치라고, 땀을 흘리라고 강요했습니다. "뭉친
힘 흘린 땀에 밝아지는 새마을" "유신으로
닦은 터전 새마을로 다져가자" 세상의 모든
벽에 독재자의 구호를 파 넣었습니다. 사람
들은 한 해 두 해 땀을 흘리다 마을을 떠났
고, 2016년 늙고 병든 마을 담벼락에는 죽
은 독재자의 구호가 아직도 유령처럼 붉게
붙어 있습니다.

1974년 나쁜 국가는 국민을 총동원했습니다. 뭉치라면 떴고 흩어지면 강요했습니다. "뭉친 힘 흩어 땅에 뿌리나니 ..." 을 "육신을 닦으려면 새마을로 다녀가자" 마을마다 독재자의 구호를 죽는 독재자의 구호라 다짐도 유경하게 붙어 있었습니다. 2018년 ...

이천십육년 ... 십일일 ' ... 1974년'을 쓰고 그리다.   김준대

우리는 사랑만 하며 살자. 더불어 못 살자. 노을에 취해 마이와 줄 감게 못 섰다. 격정하자 말다. 그 못 살자
다독여주었다. 주머니 낡은 돈을 털어줘야 맘이 놓였으므로 마이가 돌아올 시간에는 손에 땀이 나도록 주머니를 티
이방에서 부어 국을 꿈이며   무단히 자국 시를 썼다.
                                                    십칠 년 모월 만 일

다 커버린 아이가 어깨를
때문에 사랑만 할 것이므로
북녘다. 김 ...

이 방에서

우리는 사랑만 하며 살자 더불어 못살자. 낮
술에 취한 아이와 즐겁게 웃었다. 걱정하지
말라고 못살 자신 있다며 나보다 커버린 아
이가 어깨를 다독여주었다. 주머니 남은 돈
을 털어 줘야 맘이 놓였으므로 아이가 돌아
갈 시간에는 손에 땀이 나도록 주머니를 뒤
졌다. 사랑했기 때문에 사랑만 할 것이므로,
이 방에서 북엇국을 끓이며 무단히 자꾸 시
를 썼다.

만일
라도 행복한 이놈자의
아내가 되어주오. 용산구 도화동 삼백계단
오기다림이 잠시...
려 계단을 쌓은
나열 게단 는계 무덤에가랍 그리운이

도화동 사십계단

손톱 밑의 기름때도 머리 감아 씻고 내가
햇살 머금은 바람으로 가거든 당신은 덩실
덩실 바람에 실려 가는 구름. 하루만이라
도 행복한, 이 노동자의 아내가 되오. 용산
구 도화동 사십계단은 기다림이 삼십 계단
을 쌓고 사랑의 힘이 열 계단을 쌓은 산동
네 사람들의 그리운 나라 가는 길목입니다.

남녘문 온 세월
침잠묵의 천년 깊속에
그뻗어 나오는 듯 대로
백겨울을 이룡은
노송이 궁빌은
필로 끼친 술의 품옥
반듯치건
목늙의 여백에
뿌럴를 드러내었다
어굴물도 스며들지
않는 마당에는
먹밀빛 건목만 쓸려다닌다
원근도 없는 까슬까슬 할
유형제 죽어도
죽겠다는 각오로
부수이나 간추운 차리마당 뼈간저리라
십철 면유 혈 삼월 세 한도 를 야누구리다

세한도

윤곽만 남은 세월 찬바람 속에 침묵의 뼈대
를 그려 넣는다. 배경을 잃은 노송이 굽은
팔로 거친 솔잎 한 줌을 받치고 목숨의 여
백에 뿌리를 드러내었다. 마른 붓질로 대지
를 쓸고 가는 시간, 먹물도 스며들지 않는
마당에는 먹빛 고독만 바람에 쓸려 다닌다.
원근도 채색도 없는 까슬까슬한 유형지, 죽
어도 수직으로 죽겠다는 각오로 붓이 지나
간 추운 자리마다 뼈가 저리다.

폐가

관절마다 고인 울음 퍼내는 바람이 분다. 앉을 줄 알게 된 뒤에는 눕는 것을 배운다. 살을 버린 몸 열어 영혼을 펄럭이며 높이에서 내려와 수평이 되는 시간. 평온했던 처음으로 난 길을 찾은 사람의 퀭한 눈에 해가 비친다. 늙는 것은 땅을 회복하는 절차. 그는 지금 왔던 곳으로 돌아가기 위해 퇴원 수속을 밟고 있다.

관절마다 고인 눈물을 훔치내는 밤 바람이불 다. 남루를 말리려던두어는 눈는것을
바란다. 살을 바란다. 봄을 여러 영호를 뚱드럼이에 낮 비에서 서러워 동편이 트는
시간. 피곤해졌고 저물도록 난 길을 안한. 바람의 우박하는데 해가 비친다.
눈는다는 것은 땅불 되우는 돌자 그는 지금 최음으로 돌아 까기위해 되이란 좋음을 밝
고 있다.   남희민 가을 "폐가"를 쓰고 그리다. 김구배

7부

시인의 붓

땅에서

음악을 듣다.

걸어서철말 "몸마" 을쓰고그리다. -장두재.

차

차를 따를 때 목구멍 안에서도 물소리가
나는데, 차를 마시면 몸이 고요해지고 눈
이 맑아져 몸 안을 잘 들여다볼 수 있게 된
다. 차를 마시는 건 적막과 싸워 적막에 이
르는 일.

안 슬픈 자화상

엄마, 한쪽 눈이 보이지 않아요. 빛은 망막에만 맺히나요? 눈에 빛이 떠오르지 않으면 마음에라도 떠오르겠지요. 단전에 숨을 모아 마음을 깜박이고 있어요. 마음에든 눈에 든 빛이 떠오를 거라요. 엄마, 걱정 마요. 한쪽 눈이 또 있어요.

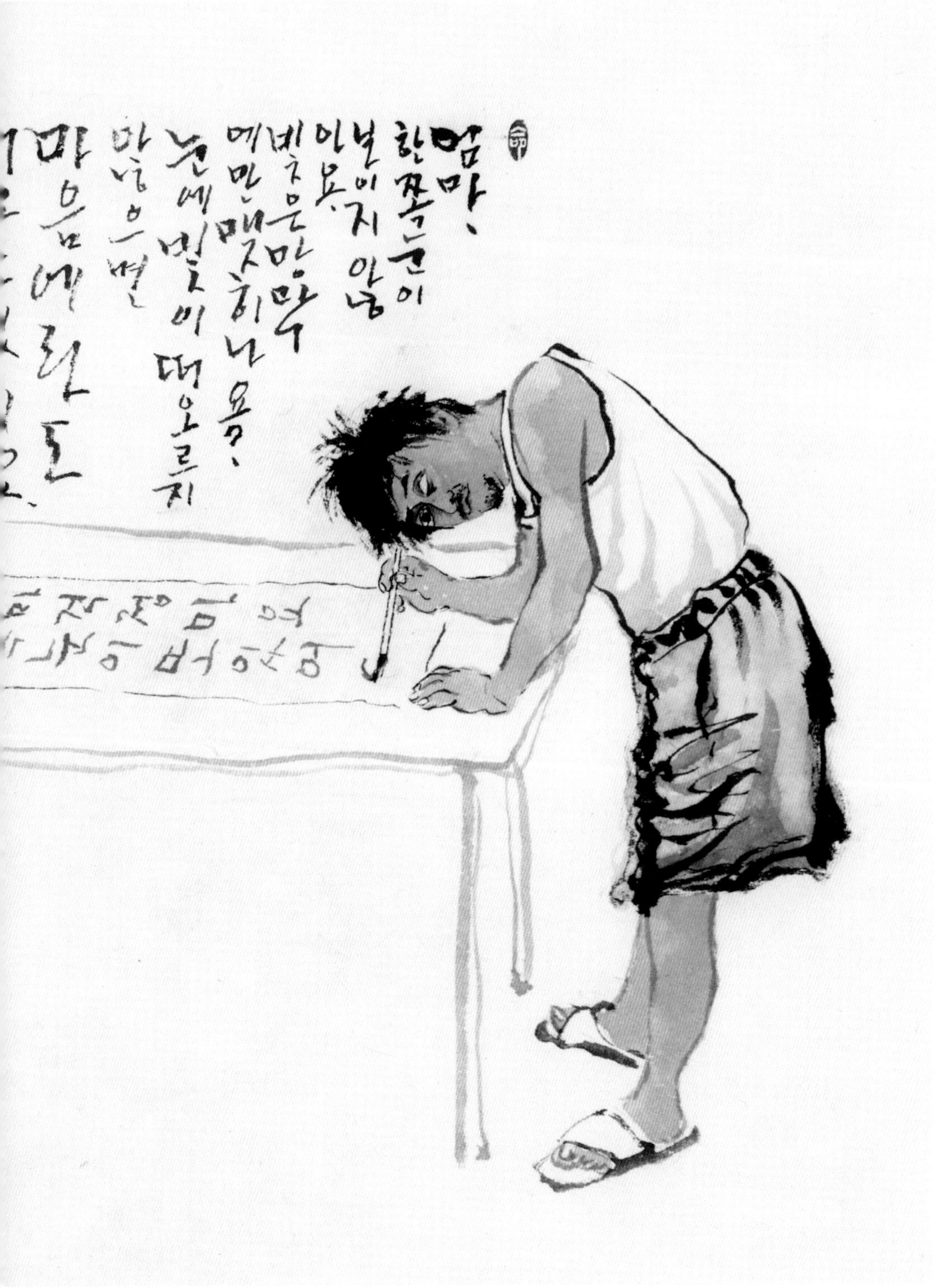
엄마,
한쪽 눈이
보이지 않는
이유,
세상은 망막
에만 맺히나요?
눈에 빛이 떠오르지
않으면
마음에라도

음악을 듣다

계곡에 들어찬 신음을 산정으로 밀어 올리는 바람과 함께 산은 서서 우는 소
리, 빛으로 쌓아놓은 음악.

이산가족
—아들

언제 오냐고 녀석이 자꾸 묻는다. 부탁한 약을 가지고 세 번이나 다녀간 모양이다. 비밀번호도 아니까 문 열고 두고 가도 될 텐데 두고 가지 않는다. 보고 싶다는 말 대신 녀석은 애비 약을 벌써 이 주째 가방에 넣고 다닌다.

돌아보니 눈밭에
좋았다. 이곳을 떠
비둘두고 가는 것

으로 내발 길을 살짝살짝 잡아 당겨
동안 이곳을 걸어야 한다. 이별은
이별 "발자국"을 쓴다. 김주대

발자국

홀로 걷다 돌아보니 눈밭이 제 가슴 밑으로
내 발을 살짝살짝 당겨놓는다. 이곳을 떠나
도 나는 한동안 이곳을 걸어야 한다. 이별은
발을 두고 가는 것.

여, 저, 빌빌 돌아댕기는 이유

벼랑 끝에 걸어놓은 당신의 문장을 읽기 위해, 당신에게 가서 오지 않는 길
을 얻기 위해.

삼월에는 사과꽃 피는 소리를 내고 누워있다가 방울 토마토만한 사과가
열리는 늦은 오월 누워있다가 바람 불어오는 가을 가지에 누워있다가, 잘 익은
사과가 비에 뚝, 떨어지면 "아이구" 하는 소리를 내면서 떨어지는 가지
삼학년 심이욱 "결실"을 쓰고 그림 김주대

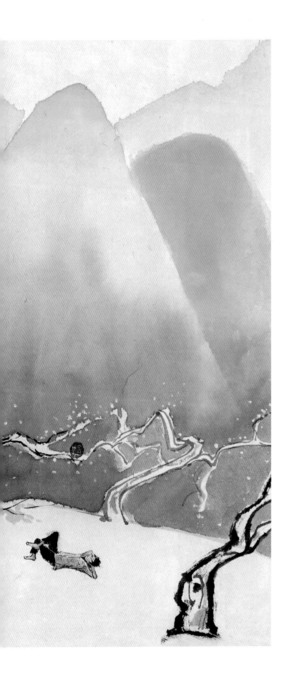

결실

봄이 오면 사과나무 아래 사과꽃 피는 소리
베고 누워 있다가, 방울토마토만 하게 사과
가 열리는 줄도 모르게 누워 있다가, 바람
부는 가을까지 누워 있다가, 잘 익은 사과가
배에 뚝 떨어질 때 그때 "아이고" 하는 소리
를 내면서 일어나는 거지.

큰스님 고무신

"어이, 큰스님요."

"나 없다."

"안에 있는 거 다 알아요."

"니가 우째 아노, 나 없다."

"다 아는 수가 있어요. 까이꺼 한잔 묵고 죽읍시다."

"너나 죽어라."

"그렇다면 내가 드갈게요."

"아니다, 아니다. 내가 나가마. 딴 데로 가자."

어이~ 한 잔 더요.
날 없다
신빡이 있는데 무슨소리라요. 끼어께 한잔물고 죽읍시다.
너나죽어라.
싶장던 삶이랄 김우더 쓰고 그리.

어둠으로 그린 높고 위태롭고 환한 길

홍 용 희(문학평론가)

김주대는 우리 시대 대표적인 시서화삼절(詩書畵三絶)이다. 중국 북송(北宋)의 영향 속에서 고려 시대부터 면면히 이어져왔던 이 땅의 문인화의 전통이 김주대를 만나면서 더욱 친숙하게 법고창신(法古創新)되고 있다. 그는 '시 중에 그림 있고, 그림 중에 시 있다'(詩中有畵, 畵中有詩)는 시화본일률(詩畵本一律)의 묘리를 체험적 생활 화법으로 구현해내고 있다.《시인의 붓》은 시와 그림이 서로 심미적 대화를 나누면서 어느새 독자들을 맑고 고요한 중심으로 인도한다. 시란 말하는 그림이고 그림은 말하지 않는 시라고 했던가. 그는 시를 통해 귀로만 볼 수 있는 풍경을 보여주고, 그림을 통해 눈으로만 들을 수 있는 말을 들려준다.

그의 문인화첩에는 "깨지고 굽은" 신산스러운 생활사에서부터 꽃, 산, 아이, 동물 등 다양한 대상들이 등장한다. 그는 이러한 시적 대상들에 대해 사실적 형사(形寫)보다 심원한 정신의 지극함을 구현하는 '이형사신 천상묘득(以形寫神, 遷想妙得)'형상을 통해 정신을 그리고 생각을 옮겨 묘한 이치를 얻는다의 미의식을 기조로 노래한다.

여기 밥사발이 놓여 있다. 두터운 그림자 위에 소박하고 정갈하게. 이 밥사발의 존재는 무엇인가. 오랫동안 밥을 담는 그릇이었을 이 용기의 두터운 그림자에서 결코 간단치 않은 모성의 서사가 엿보인다. 〈어머니를 나누어드립니다〉의 밥사발은 가없어 차라리 슬픈 어머니의 사랑이다.

고향에 혼자 사는 어머니가 떡을 해서 머리에 이고 아들 그림 전시장에 찾아왔습니다. 어머니는 앉아 있지 않고, 구경 온 사람들에게 종일 떡을 나누어주었습니다. 새벽차를 타고 왔던 어머니가 막차로 떠난 뒤에는 아들이 오랫동안 어머니를 나누어주었습니다.

어머니가 떡을 해서 "아들 그림 전시장"에 왔다. 어머니는 고향에서 새벽차로 오셨지만 피곤함도 잊은 채, "구경 온 사람들에게 종일 떡을 나누어" 준다. 막차 시간이 다가오자 어머니는 어쩔 수 없이 고향으로 다시 떠난다. 어머니가 마저 나눠주지 못한 떡을 아들이 나눠주고 있다. 아들이 나눠주는 떡은 어머니의 정성이고 마음이다. 그리하여 밥사발은 곧 어머니의 존재성이다. 밥사발의 저변을 이루는 겹 그림자는 고단하지만 헌신적인 모성의 서사를 머금고 있었던 것이다. 여기에서 밥사발은 어머니의 본성을 내밀하게 예각화한 '천상묘득'의 결정이다.

김주대의 문인화첩에서 어머니는 〈인생〉 〈동행〉 〈풍경〉 〈난전 식사〉 〈미황사 가는 길〉 〈좋은 날이 올까요〉 등을 통해 신산스러운 인생론의 중심 이미저리(imagery)로 다양하게 변주된다. 또한 이러한 어머니의 이미지는 그의 화첩을 듬성듬성 밝게 물들이는 꽃나무의 어둡고 구불구불한 가지로 전이되기도 한다. 기굴창연(奇崛蒼然)이라 했던가. 시커멓고 기이하게 굽은 가지 끝에 은은하게 피어난 고요한 꽃. 그에게 꽃은 "깨지고 굽은 것들에는 우리가 못 가는 길을 간 높고 위태"〈첫길〉롭고 아름다운 길이 있음을 보여주는 표징이다. 그것은 마치 "부러진 관절을 절며 우여

277

곡절 지나온 풍경들"〈죽음에 대한 기억〉이 불러온 흰 눈 언덕의 적요와 같은 세계다.

실제로 김주대의 문인화는 검은 먹빛이 주조를 이룬다. 그러나 이 검은 먹은 스스로 눈부신 빛을 불러온다. 이를테면, "상처로 상처를 짚으며"〈순천만 물길〉 "밤새 어둠을 호흡했던 것"이 "하얗게 망막을 내리긋는 흰 한 줄"〈폭포1〉의 폭포를 걸어놓고 있는 형국이다. 그의 그림이 기운생동(氣韻生動)하는 풍골(風骨)을 지니는 배경이 여기에 있다. 어둠의 극점이 새벽을 불러오는 이치에 상응하는 것이다. 아니 좀 더 정확하게 말하면, 불러오는 것이 아니라 짙은 어둠이 "스스로 빛"〈스스로 빛〉을 뿜어내고 있다. 이미 어둠 속에는 빛이 숨 쉬고 있었던 것이다.

이것은 마치 모든 사물에는 부처가 내재되어 있었다는 것과 다르지 않다. 그래서 백제의 석공들은 "정 하나로 돌을 살로 바꾸는 기술, 살이 된 돌을 간지럽혀 웃게 하는 기술"〈마애여래삼존상의 미소〉을 마음대로 부릴 줄 알았다. 김주대는 오늘 다시 백제의 석공이 되어 "정으로 돌을 쪼듯 날카로운 붓끝으로 종일 종이를" 쪼아 "지그시 눈 감은 부처"를 탄생시킨다. 그래서 그의 화첩 도처에서 "따스해진 돌이 종이에 앉아 웃는"〈조각〉 모습을 목도하게 된다. 물론, 그가 이처럼 세상의 도처에서 부처를 깨워낼 수 있는 것은 그가 스스로 어린아이 같은 자신의 맑고 천진한 본성을 견지하고 있기 때문이다. "무릇 맑은 거울이어야 사물의 본모습을 살필 수 있다"〈공자어가〉는 성현의 가르침을 자신도 모르게 이미 실현하고 있는 것이다.

실제로 김주대의 전신사조(傳神寫照)의 미의식은 어린아이와 고양이를 소재로 한 작품에서 절정에 이른다. 어린아이의 얼굴, 걸음걸이, 눈망울의 영묘함에 어느새 이를 바라보는 독자도 어린아이로 돌아가게 된다. "아이의 눈망울에 깃든 나를 누구도 건져낼 수 없"〈시선〉게 되어버린 것이다.

특히, 김주대의 수묵에서 어린아이와 고양이의 눈동자의 표정은 신묘한 경지를 보여준다. 그는 눈동자의 묘용을 통해 말로 할 수 없는 말들을 벼락처럼 한순

간에 전한다. 중국 동진의 고개지는 정신을 형상화하는 전신론(傳神論)의 요체는 바로 눈동자에 있다고 전언했다. 그는 천지의 수가 아무리 많아도 50에 근거해 있는데 극(極)의 숫자인 1로써 나머지 49를 움직일 수 있다는 역학(易學)의 논법을 빌려와, 전신사조에서는 눈동자가 바로 극수 '1'에 해당한다고 설명한다. 물론 여기에서 눈동자는 물상이 아니라 정신이다. 고개지는 혜강의 시를 들어 이 점을 강조하는데, "눈은 멀리 고향을 향해 돌아가는 기러기를 응시하는 듯하고, 손은 다섯 줄의 거문고를 타누나"라는 구절에서 후자는 그리기 쉬우나 전자는 어렵다고 지적했다. 그것은 심원한 정신세계의 지극함을 가리키는 천상묘득의 어려움과 가치를 강조한 것이다.

〈꽃〉 〈봄〉 〈묘한 대화〉 〈출처〉 〈길고양이〉 〈기지개〉 〈꽃 보는 아이〉 〈부자 상봉〉 등에서는 눈빛만으로 섬세한 마음과 정신의 역동이 유감없이 표현된다. 잠시 "길고양이"의 눈에 귀 기울여보자.

그만 돌아가. 나는 돌아가지 않을래. 어쩌면 나는 이미 어떤 길이거든. 돌아갈 수 없는.

— 〈길고양이〉

비스듬히 뒤돌아보는 "길고양이"의 한쪽 눈이 가슴속까지 아프게 전하는 말이다. "길고양이"의 운명을 이토록 극명하게 설핏 드러낼 수 있다니! "길고양이"의 눈빛은 왜 저토록 낯익은가? 저것은 거울에 비친 우리의 눈동자가 아니던가.

김주대는 어느새 모든 존재자의 운명의 심연을 찌르는 전신사조의 유현한 경지를 구가하고 있다. 그래서 그의 문인화첩을 펼치면 "눈 덮인 지평선"이 "지퍼처럼 열"〈봄〉리면서 "목숨의 배후에" 있는 "높은 길"〈소나무〉을 아득히 새겨준다. 김주대는 분명 우리 시대 대표적인 시서화삼절이다.

시인의 붓

ⓒ김주대 2018

초판 1쇄 발행 2018년 5월 2일
초판 4쇄 발행 2022년 1월 17일

지은이 김주대
펴낸이 이상훈
편집인 김수영
본부장 정진항
문학팀 김다인 하상민
마케팅 김한성 조재성 박신영 조은별 김효진 임은비
경영지원 정혜진 이송이

펴낸곳 (주)한겨레엔 www.hanibook.co.kr
등록 2006년 1월 4일 제313-2006-00003호
주소 서울시 마포구 창전로 70 (신수동) 화수목빌딩 5층
전화 02-6383-1602~3 **팩스** 02-6383-1610
대표메일 munhak@hanien.co.kr

ISBN 979-11-6040-157-8 03810